光文社文庫

長編小説

三人の悪党

きんぴか①

完本

浅田次郎

光　文　社

目次

完本「きんぴか」に寄せて

――あるいは本書を購入する際の注意点

浅田　次郎

「きんぴか」は奇怪な書物です。

著者の私が言うのも何ですが、少くとも著作権者が存命中に、つごう八回もリニューアルされた小説があったでしょうか。

書き直したわけではありません。そのつどゲラ校正はしましたが、実質的なデビュー作であるこの作品は、いわゆる若書きのくせに「完成」していて、何年何十年たとうとのちの作者が手を加えることはできなかったのです。

初版は一九九二年ですから、私は四十歳か四十一歳、背表紙に掲載されている「著者近影」だけでも大笑いできます。それから「きんぴか」は、なぜか四つの出版社が装丁や形態を変えて七種類、三冊合本のハードカバーも含めて、たぶん計十九冊が刊行されたはずです。

なにぶん三十年以上も昔の話ですから、私の記憶も曖昧ですし事務記録も処分されています。ただひとつ確信できるのは、多くの編集者のみなさんが「きんぴか」を信じて下さって、およそありえぬ刊行が続いたという事実です。

総部数はいったいどれくらいになるのでしょう。百万部（ミリオン）は確実ですが、二百万部（ダブル・ミリオン）に届いているかもしれません。そう考えますと、初版刊行から三十一年目にあたる今、読者も一巡したでしょうし、あるいはイレギュラーな刊行のはざまで読みのがした方のために、「完本・きんぴか」を新たにお届けする必要があると感じました。

さて、奇書「きんぴか」の来歴をあらまし説明したうえで、購入する前の注意点について書きます。

三十一年の間に世の中は著しく変わりました。そう、この小説の舞台となっている時代には、私たちの日常から読書や思索を奪ってしまうスマホなど存在せず、それどころかアナログの携帯電話機すらまだ行き渡っておらず、金貸しも女子高生もせいぜいポケベルを持つくらいだったのです。

防衛「庁」は市ヶ谷ではなく、六本木交差点の近くにありました。跡地には東京ミッドタウンがそびえています。むろん自衛隊の組織も習慣も、武器の性能も変わったことでしょう。

コンピューターが活躍する場面など、今の人にはかえってわかりづらいと思いますが、当時はこうしたものでした。むしろ、いまだに手書き原稿の私が、よくもまあ頑張って調べたなと思います。誰もほめてくれないので自分でほめます。

それ以上に様変わりしたのは医療事情でしょうか。おそらく治療方法も薬品名なども、今とはまるでちがうはずです。

また、ところどころに当時世間を騒がせていた時事問題を扱っているので、今日の読者にはさっぱりわからぬシャレも飛びます。かと言って、怪しい宗教団体のように、いつの時代にも変わらぬものもあるのはふしぎです。

よって、このたびのリニューアルにおいても手を加えぬことを原則としましたが、この三十一年の間に表現はずいぶん窮屈になりまして、やむなく今日的に書き改めた部分もあります。

それでも愛すべき男たちは、大酒をくらいタバコを喫いちらかし、暴力をふるいます。されぱこその「きんぴか」です。どうかご容赦下さい。

「きんぴか」には、それからの私が書き続けてゆくテーマやエッセンスが、まるで満開の花の下の重箱のように、ぎっしりと詰まっています。だから容易に手を触れられないのです。

あるいは、ミケランジェロ・ヴォナローティが、二十四歳のときに彫り上げた「ピエタ」を八十八歳まで追い求めたように、私も四十歳で書き上げた「きんぴか」を、生涯追い続けるのでしょうか。

もっとも、それならそれで本望ですが。

では、みなさん。めくるめく「きんぴか」の世界へ。行ってらっしゃい！

二〇二三年　三月吉日

花ほころぶ佳日に

三人の悪党

殺人者

阪口健太(さかぐちけんた)が刑期を満了して、いよいよ府中(ふちゅう)刑務所の鉄扉の前に立ったのは、真冬の朝のまだ暗いうちである。

ピストルの健太、略して〝ピスケン〟と言えば業界で知らぬ者はない。――というのは十三年前の話で、今どきヤクザを十三年もやるオシャレな人間はいないから、実のところそんな名前は誰も知らない。

寒い。それにしたって、寒い。

しかし寒がっていたのでは、扉の外に待つ何百人もの若い者ン(モ)にしめしがつくめえと、ピスケンは無理に体を反りかえらせた。

「どうでえ先生。ちったァ貫禄がついたか」

「ふん、ノンキな野郎だ。そんなことはな、二年三年の小便刑を打たれた者の言うセリフだ。いったいてめえが何年つとめたか、わかってんのか」

「ええと、未決通算して十三年と六月(ろくげつ)と四日」

「バーカ。勘定してたのか。いいか、十三年て言やあな、ちょうどそん時生まれたうちのセガレが、今じゃ中学二年だ。聞いて驚くな、開成だぞ、開成。末はバリバリのキャリアで、とうとう二代続いた番人稼業もこれで返上だ」

「そんなこと誰も聞いてねえ。聞いたって驚かねえ」

「それじゃこういうのはどうだ。十三年って言やあ、そんとき建てた家のローンが半分もおわった。駅から三分、庭付き一戸建、千九百八十万。しかも、驚くなよ。今じゃ五千万だって買えやしねえんだぞ。もう残債なんて、へでもねえ」

「驚かねえよ。それより早く出してくれ、ともかく十三年ぶりの放免だ」

放免――そう口にしたとたん、ピスケンの体はひとしきりふるえた。

そうだ。これが放免なんだ。十三年と六月と四日、この瞬間を夢に見なかった日はただの一日もない。

「待て、ちょっと待ってくれ」

ピスケンは扉を開けようとする看守を制した。胸を張り、大きく深呼吸をした。完璧な緊張感とともに一歩を踏み出さねばならない。

道路にはズラリと高級車が並んでいることだろう。代紋入りの提灯が扉を照らし、そこには日本中から集まった親分衆が勢揃いしている。コートを着ているなんて不作法者は一人もいない。俺は十三年間も、もっと寒い思いをしてきたのだから。

「ごくろうさんです」、という言葉が、嵐のように巻き起こるに違いない。若い者が走り寄って、コートとマフラーをサッと両側から掛ける。フラッシュが焚かれる。俺はなるたけ弱々しく、しかしキッパリとこう言う。

「いや、気をつかわねえでおくんなさい。寒いのにァすっかり慣れておりやすから。それより親分衆、どうぞお楽に。ササ、お楽に」

称賛の声がドッと湧き起こる。と、間髪を容れず踏み台が置かれ、マイクが手渡される。万雷の拍手。本家の若頭が、俺の経歴を紹介する。経歴と言ったって、学歴も職歴もないのだからひどく難しいが、たいてい盃事とか踏んだヤマとか、人助けをした美談なんかをうまくつなぎ合わせて、ともかく経歴らしく言う。

「では健兄ィ、まずはご挨拶を」

この演説にはチョイと自信がある。なにせパクられたその晩から考えているのだ。

「えー、天政連合会内二代目金丸組若者、阪口健太、皆様のお力添えを持ちまして、本日只今、無事につとめをおえ、社会復帰いたしました。御一家御一統様、とりわけ遠方からはるばるお出迎えの親分衆子分衆のご厚誼、この場を借りまして厚く、あつうく御礼申し上げます。今後とも不肖・阪口健太、組のため親のため、一身をなげうって仁侠道に邁進する覚悟でありますので、以後かわりない御指導御鞭撻のほど、よろしくおたの申します」

で、再び拍手喝采。本家の若頭がマイクを取って、俺を直系若中に引き立てる、と宣言する。当然の人事である。なにしろあの戦争の最後に不言実行、親分の命を上げた大功労者なのだから——。

と、頭の中でひととおりリハーサルを終えて、ピスケンは顔を上げた。

「よし、開けてくれ」

通用口の把手を握ったまま、看守は言った。

「なあピスケン、寒かないか」

「寒がってる場合じゃねえ。さ、開けてくれ」

「コートぐらい着たらいいだろう」

「俺だけそうもいくめえ、第一、体裁が悪い」

ピスケンはもう一度いずまいを正し、肩の埃を払い、コートを脇に抱えた。

「全く、バカにつける薬はねえな」

看守は呟きながら扉を押した。軋みをたてて、外界の薄闇がピスケンの前に姿を現わした。しかし鉄の敷居を一歩またいだまま、彼は不自然な中腰で立ちすくんだのである。

「なあピスケン。寒いだろう」

朝靄の中に獰猛な響きを残して、トラックが通り過ぎた。静かな冬の朝だった。

「……あ、ああ。寒いな……」

「だからコートを着ろって言ったじゃないか。ま、達者でな。もう来るんじゃないぞ」

おしきせの言葉とともに、鉄扉は閉ざされた。

「なんだコリャ。どうなってるんだ」

それにしてもひでえ手違いだ。この不始末は指の一本や二本じゃ済まされねえぞ。ピスケンは路上に立ったまま、ブツブツと不平をひとりごちた。

なにしろ六方ふんで花道に飛び出したとたん、お客がひとりもいなかったという不祥事である。怒るというより呆れた。そこには文句を言う相手すらいない。もちろん楽屋に戻るわけにもいかない。

寒さがひとしお身にしみて、ピスケンはとりあえずコートを着た。左右を見、「ええと」と、思わず呟いた。この際ブラブラと歩き出すべきなのだが、十三年も「おいっち、にイ」と声を上げ、手を振り足を上げて歩かされてきたものだから、ブラブラ歩く方法を忘れていた。

しかしともかく歩き出さねばならない。この門前に立ちすくんでいることは、客観的には相当疑わしい人物であろうし、主観的にも厭わしい。

単純な行為ほど、忘れてしまえば始末におえないものである。で、なるたけブラブラと歩き出そうとしたとたん、右手と右足が同時に前に出た。自然、二歩目は左手と左足が出てしまった。何か違うな、と思いながら五十メートルも歩くと、汗が出た。

歩きながらピスケンはたまらなく不安になった。靄が晴れ、あたりがみるみる明るむにつれて、夢に見続けてきた場面とはさらにうらはらな、荒涼とした風景が徐々に明らかになってきた。

斜向かいの街路樹の下に人影が動いた。吸いさしのタバコを路上に投げ、ガードレールをまたいで近寄ってくる。男は歩きながらコートのポケットから抜き出した手を、ピスケンに向かって親しげに挙げた。

「よう、ケンタ、ごくろうさん」

すっかり頭がはげ上がったせいで、すぐにそうとはわからなかった。

「あれ……向井の旦那」

「おお、忘れちゃいねえようだな。歩き方は忘れちまってるみてえだが」

向井刑事は笑いながらピスケンの前に立った。

「まさか門前逮捕じゃないでしょうね」

「なに言ってやがる。桜田門はそれほどヒマじゃねえ。第一、考えてもみろ、十三年も経ちゃ、何だって時効じゃねえか」

「だって、誰も迎えに来てねえし、何かウラがあると思うじゃないですか」

「バカ。てめえを迎えに来るほど天政連合もヒマじゃねえよ。ま、ボチボチ行こうや、あっちにパト待たしてある」

やられた、とピスケンは思った。警察（サツ）は今、俺に戻られてはまずいのだ。何がしかの事件（ヤマ）をデッチ上げて、もう一度、塀の向こうに押し戻す作戦に違いない。

「おめえも老けたなァ。いくつになった」

「へえ、三十九です」

「三十九か。そうかよ。まともならガキの二、三人いたっていい年だよな。まったく気の毒なこった」

パトカーは本当に待っていた。ピスケンは立ち止まった。振り返って逃げようにも、すっかり萎（な）えた足では逃げおおせるわけもない。

「旦那、どういうヤマで持っていくのか知らねえが、そいつァあんまりじゃねえのか。せめて令状（フダ）ぐれえ見せて、ちゃんと筋を通しておくんなさいよ」

向井刑事は大声で笑い出した。笑いすぎて咳（せ）き込み、ハンカチで瞼（まぶた）を押さえながらやっと顔を上げた。

「まったくおめえって奴はどこも変わらねえ。ヨタ飛ばしてるんだかマジメなんだかわからねえ」

「旦那、たいがいにしておくんなさいよ、怒りやすぜ」

刑事はもう一度プッと吹き出してから、ピスケンの肩に手を置いた。

「もったいねえな」、と刑事はふいに真顔で呟いた。

「明治、大正に生まれていりゃあ、街道一の大親分てところだ。だが、おめえのその物言いや器量が通用する世の中じゃねえ。俺ァずっと、おめえがつとめている間じゅう、そう思っていた」

「何だよ、急にシンミリしやがって。泣き落としなら相手が違うぜ。さ、早えところ話をつけようじゃねえか」

「ケンタ、そうじゃねえって、俺ァガラウケだ」

「身柄引受人（ガラウケ）……？」

向井刑事はピスケンの肩を抱き寄せるようにして歩いた。

「まあ、聞け、十三年の懲役ボケにとっちゃピンとはくるめえが」

「俺ァボケちゃいねえ。イミダスだってちゃんと読んでたぞ」

「そうか。だが世の中、イミダスほど簡単じゃあねえ。冷てえもんだ。おめえにあれだけのヤマを踏ませて、天政連合は知らん顔、金丸のオヤジだって親孝行な子分を持ったおかげで、今じゃ身内も二百人はくだらねえ。だのに阪口が放免だと言やあ、ハテ、そんな奴いましたっけ、と、こうだ」

「そんな、バカな……」

「そのバカはおめえのこった。あれほど言ったじゃねえか、浪花節は聞くもんで、歌っちゃならねえって。このバカヤロウが、知れ切った捨て駒なんぞになりやがって。どうだ、わかったか」

「俺ァ、捨て駒なんかじゃねえ」

ピスケンはふいにめまいを感じて、塀にもたれかかった。

「捨て駒でなけりゃ、このザマァなんだ。え、ケンタ。この静まり返った朝は、何なんだよ」

ぼんやりと塀に背中をあずけたまま、まだ明け切らぬ家並を見渡すピスケンに向かって、刑事は諭すように続けた。

「そればかりじゃねえんだぞ。おめえの実のオヤジとオフクロ、とんと音沙汰がねえだろう」

「俺ァ、とうに勘当されてっから」

「そうは言ったって、親子ってえのァ、ふつうはそんなものじゃねえ。ガラウケぐれえはしたって良さそうなもんだがよ。ま、日本にいねえんだから仕様がねえ」

「日本にいねえ、だと？」

「やっぱり知らねえか。神田（かんだ）のボロ家が地上げにかかってよ。坪一億はくだるめえ。しめて二十五億。今じゃゴールドコーストに引っ越してよ、地平線まで見える土地に丸太小屋建てて、コアラやカンガルーと遊んでらあ」

「じゃあ、俺の家は」

「そんなもの、とっくにビルが建ってるさ。兄貴たちは親の金をしこたま貰って、もうおめえみてえな人殺しの弟なんざ、知ったこっちゃねえとよ。冷てえもんだよな」

刑事はすっかり力の萎えたピスケンを塀から救（たす）け起こすと、パトカーの中に押し込んだ。前の座席の若い巡査たちに説明でもするように、刑事は続けた。

「まあ、そういう事情を知っちゃ、こっちだって知らん顔はできねえ。なにせおめえとは長い付き合いだからな。覚えてるか？」

「ええ、最初はたしか駄菓子屋の万引きで」

「そうだ、万引きって言ったって可愛くねえ、ハリスのフーセンガムを段ボールごとかっぱらいやがった。萬世（まんせい）橋の交番（ハコ）に突き出されて、八つのガキが何て言ったか」

二人の巡査は振り返ってピスケンの顔をしげしげとながめた。

「五百個まとめてかっぱらうとは、ふてえガキだと言ったら、このやろう、そのうち百個はアタリだから四百返しゃ文句はあるめえと抜かしやがった。で、なんて口のへらねえガキだと言ったら……」

「口がへったらメシが食えねえ」

「そうだ、確かにそう言った。くだらねえことまで良く覚えてるな。ま、俺もあの頃は駆け出しの巡査でよ。以来こうして定年まで、このガキとは縁が切れねえ」

パトカーは朝の街路を走り出した。向井刑事はポケットからタバコを取り出し、自分が一本をくわえると、ピスケンに差し向けた。

「いや、俺、やめようと思って。酒もタバコも」

実はそんなことは考えてもいなかった。頭が混乱していて、そのうえ窓の外を走り去る景色の速さに圧倒されて、すっかり気分が悪くなってしまったのだ。

「そりゃ結構なこった。こんなもの、早死にするだけだからな。こうなりゃおめえ、長生きするだけだぞ。なあに物は考えようだ、他人より十三年長く生きりゃ損はねえ」

「もう、長生きなんざしたかねえよ」

刑事は口をつぐんだ。すっかり様変わりした風景が、まるでピスケンをあざ笑うように窓の外を過ぎて行った。

「長生きも何も、今日からの生き方でさえわからねえ。行く場所もねえ。なあ旦那、俺ァどうすりゃいいんだ」

向井刑事は黙っていた。パトカーは甲州街道を走り、やがて調布のインターから高速道路にかけ昇った。フロントガラスから差し入る朝日に目を射られて、刑事はようやく瞼を上げた。

「おめえの生き方は、ちゃんと考えてある」

「へえ、そいつァ手回しのいいこって。宅配便のドライバーかい、それとも大工の見習い。まあなんだっていいや」

「そんなこたァ、誰だってできる。おめえにしかできねえことをやってもらう」

「俺にしかできねえことだと。おい、俺ァな、十三年の懲役だぞ。それとも何か、ついでにもう一人殺れってのか」

「まあ、とりあえずひとっ風呂あびろ」

「風呂か。そいつァ有難え。で、何だ、俺にやらせることってのァ」

「風呂に入えって、少し血のめぐりを良くすりゃ、自然にわかる」

行手に副都心の高層ビル群が姿を現わした。それは喪われた十三年間そのものである。

思わず唇を噛み、拳を握りしめたピスケンを横目で見て、向井刑事は言った。

「このまんまじゃおめえも気が済むめえ。なあ、ケンタ――」

反逆者

穏やかな朝である。光は駐屯地に充ち満ちており、気分はいつになくさわやかだった。

まるで二十年前のあの日のようだと、大河原勲一等陸曹は思った。

重迫撃砲中隊の廊下に、下番した警衛隊を整列させ、中隊長に申告をする。きっかり百八十度に回れ右をして解散命令を出し、大河原一曹は若い中隊長を呼び止めた。

「湾岸情勢は、その後どうでありますか。中隊長ドノ」

防衛大卒の三等陸佐は、憚るように周囲を見渡し、大河原を中隊長室に引っぱり込んだ。

「あのな、軍曹」、とドアを後ろ手に閉めたなり、中隊長は言った。軍曹という階級は、もちろん自衛隊にはない。それは大河原一曹の仇名である。どう考えても半世紀おくれて生まれてきたとしか思えないこの古参下士官には、誰が名付けたかは知らないが、実にふさわしい呼名だ。

「きょうは師団長と、師団司令部の幕僚（ばくりょう）がお見えになっているんだ」

と、中隊長は声をひそめた。

「知っております。今しがた表門で自分がお迎えしました。それがどうかしたのでありますか？」

「だったら、少しは言葉に気をつけて貰わんと困る」

「国際情勢に関心を持ってはいけないのでありますか、中隊長ドノ」

中隊長は、ヤレヤレといったふうに天を仰いだ。

「そうではない。そのアリマス調と、中隊長ドノというのはやめてくれ」

「ハッ。大河原一曹、不注意でありました。もとい、不注意でした。では改めてお尋ねいたします。湾岸情勢はどう進展しておりますか」

中隊長は苛立（いらだ）ちながら弾帯を解き、机の上に投げた。

「そんなもの知るか。勝手にやらしときゃいいんだ。それよりも軍曹。君、ちょっと近ごろおかしくはないか。体の具合でも悪いんじゃないかね」

「いえ」、と軍曹は背筋を伸ばした。

「大河原、いたって健康であります。中隊長ドノ、勝手にやらしときゃいいんだという今のお言葉は本心でありますか」

「ああ、本心だとも。私は君のような危険思想は、あいにく持ち合わせてはいないからね」

「危険思想ですと？——これは聞き捨てならない。湾岸への自衛隊派兵に断固反対することが、ナゼ危険思想なのでありますか」

「危険だ。危険きわまりない。自衛隊員が固有の思想を口にすることはすべて危険だ。そのぐらいのことわからんのか、このバカ」

「バカ、ですと？」

「そうだ、バカだ。おまえなんかタイムマシンに乗って五十年前に戻ってしまえ。そうすりゃ歴史も変わるかも知れんぞ。ガダルカナルだって勝ち戦さだ、ハッハッハッ」

軍曹は一夜で青々と髭の伸びた、眉の太い、いかめしい、それだけでも確実に半世紀おくれている軍人の顔を、キリッと中隊長に振り向けた。その気迫に、中隊長は思わず後ずさった。

「な、なんだキサマ」

「中隊長ドノは腰抜けであります」

「腰抜けだと。もういっぺん言ってみろ、私だって一朝有事の際は一身をなげうって……」

「何度でもいいます。中隊長ドノは腰抜けの非国民であります。一朝有事の際に命を捨てるのは軍人として当然。偉そうに言うほどのことではない。平和憲法を破ろうとする政府の意思に従うことこそ、腰抜けであります」

軍曹は半長靴を踏み鳴らして中隊長の正面に立った。

「待て、軍曹。落ち着け。自衛隊の海外派遣はそもそも正当な防衛行動の一環で……」

「かつて満州事変も仏印進駐も、正当な防衛行動と言われておりました。そんな防衛は侵略の異名であります」

「しかし中東はわが国経済の生命線で……」

「満州国もかつて日本の生命線と言われておりました」

「ちょっと待て、大河原。落ち着け」

「自分は落ち着いております。中隊長ドノのお考えは国家と国民を愚弄するものであります。自分は二百万英霊と国民の総意を代表して、中隊長ドノを殴ります。これは天誅であります」

そう言うが早いか、軍曹は巨大な拳で中隊長の顔面を殴打した。徒手格闘術にかけては連隊随一の腕前の「右面打ち」をまともに食らって、中隊長は部屋の隅まではじけ飛んだ。

軍曹は基本教練どおりの正確な敬礼をし、半長靴のかかとをカツンと鳴らして回れ右をすると、何事もなかったように廊下に出た。異変を聞きつけてドアの前に鈴なりになった隊員たちは、その威風堂々たる巨体に気圧(けお)されてドッと道を開いた。

警衛隊の武器返納のため、中隊武器庫の鉄扉は開いていた。軍曹は武器庫に入った。武器係の陸士長がふるえながら敬礼をした。

「六四式小銃と実弾。拳銃弾の予備。手榴弾を五個。それからロープを出せ」

武器係は顔色(がんしょく)を失って拒否した。軍曹は腰のホルダーから拳銃を抜き出した。ワアッと人垣が後ずさった。

「貴様が市ヶ谷(いちがや)の武器庫で死ぬか、アラビアの砂漠で死ぬかの瀬戸際である。すべての責任は俺が取る。出せ」

言う通りにしろ、と中隊事務室から走り出た先任陸曹が叫んだ。軍曹の足元に、す早く武器が並べられた。

「よし、さがれ」、と軍曹は言い、六四式小銃の槓桿(こうかん)を引いて銃腔内を点検すると、弾倉を装着し安全装置を外した。手榴弾を肩章に架け並べた。ロープをたすきがけに掛け、右手に拳銃、左手に小銃を持って立ち上がった。

「武器手入れはおおむね良好である。作業を続けよ」

軍曹が警衛下番したままの乙(おつ)武装のものものしい姿で、ハリネズミのように武器を携(たずさ)

えて廊下に出ると、黒山の群衆からは声も出なかった。

「おい、鉄帽を貸せ」

向かいの営内班から首だけ出している隊員に言うと、たちまち鉄帽が届けられた。軍曹は中帽（ライナー）の上にそれを目深に冠（かぶ）り、顎紐を結んだ。

「大河原、何をする気だ！」

人垣を押し分けながら先任陸曹が言った。軍曹は肩越しにチラと振り向き、いつもと変わらぬ物静かな軍人の声で言うのだった。

「師団長閣下に直訴いたします。日本政府はまちがっております。自分は一等陸曹の職責において、部下の一兵たりとも殺すわけにはいかないのであります。あとはよろしく」

軍曹は大股で廊下を歩き、階段を昇った。

その後ろ姿を見送る重迫撃砲中隊の隊員たちも、階段の踊り場や二階の廊下に集まった第四中隊の隊員たちも、ただ呆然と立ちすくむばかりだった。

しかし、この出来事を事件と認識した者は、実はほとんどいなかった。それは彼らにとって、湾岸派兵よりもっと考えにくいことだった。たとえばとっさに軍曹の異様な出で立ちに遭遇した者は、例外なく秋の慰安旅行でウケにウケた、彼の武田節（たけだぶし）の舞いを思い出した。クソマジメに人を笑わせる、彼一流のパフォーマンスにちがいないと考えたのである。

つまり大河原一曹の存在は、総じて公務員化した自衛隊の中にあって、すでに象徴的存在というより記念碑的存在だったのだ。

軍曹は二階に上ると、第四中隊の廊下をまっすぐに歩いて、隊舎の西端にある連隊本部へと向かった。

「おおい、重迫の大河原軍曹が何かやるぞォ」

廊下で軍曹の敬礼を受けた第三中隊の副長は軍曹をやりすごしてからちょっと考えるふうをし、笑いながらそう叫んだ。営内班のドアが一斉に開いて、ヒマな隊員たちが廊下に溢れ出た。

「師団長に武田節を披露するんだって」

「いや、屋上からロープ降下の模範演技をするらしい」

「レンジャー隊員の非常呼集じゃないか」

二十年前のあの日と同じだ。どこも変わってはいない、と軍曹は歩きながら考えた。

方面総監を拉致し、あの男が白鉢巻姿で一号館のバルコニーに現われた時、やはりみんなてんでにこんなことを言っていた。事態を真剣に考えた奴なんて、ただの一人もいはしなかった。口笛を吹き、拍手をし、弥次を飛ばし、まさかあの男が数分後に腹を切ってしまうなんて、誰も予想してはいなかった。あの時、バルコニーの下で檄文を読みながら、ハラハラと涙を流したのは十九歳の俺だけだった。俺は待った。二十年間、この日を待ったのだ。

その時、大河原一曹は全く突然にある重大な失策（エラー）に気づき、愕然（がくぜん）とした。パンツを替えてこなかったのである。シマッタと思ってももう遅い。しかもそれは汚れているだけではない。売店（PX）で売っている白ブリーフならまだしも、バレンタインデーに歌舞伎町（かぶきちょう）のキャバレーの女に貰った、星条旗柄のボクサーパンツをはいているのだ。

脂汗（あぶらあせ）が吹き出た。当初の計画では警衛下番後フロに入り、髭をあたり、下着を替えてから行動に出る予定だった。それが折悪しく、ひごろ快く思っていないあの中隊長がよけいなことを言うものだから、ことの成り行き上、計画の一部を割愛（かつあい）してしまったのだ。パンツのことなどすっかり忘れていた。

軍曹は惰性で歩きながら、自分の不用意を悔い、キャバレー・トロピカルのアケミを呪った。自衛官に星条旗柄のボクサーパンツを贈るという、その見識のあさはかさ。なかんずく警衛任務に際してそれをはいてしまった自分の無節操。

結局、自分は常住死身（じょうじゅうしにみ）の葉隠（はがくれ）精神を体し得なかったのだ。せめて、パンツの柄が日章旗であったなら――しかし、ふと想像してみるに、日の丸はパンツの柄には適し得ない。意匠の中心を正面に持ってくれば猥褻（わいせつ）。後部に持ってくれば、猿である。

絶体絶命の窮地だった。もはや引き返すことはできない。そして星条旗のパンツをはく以上、自分の死が重大な誤解を受けることは必定（ひつじょう）だった。行くも死、退（さ）がるも死、インパール作戦とはきっとこういうものであったのだろうと、軍曹は歩きながら考えた。

連隊長室からは、何がおかしいんだか知らないが、幕僚たちの笑い声が洩れていた。

「重迫撃砲中隊、大河原一曹。師団長閣下に用事があって参りました！」

戸口でそう叫ぶと、連隊本部から走り出た幹部たちがたちまち軍曹を取り囲んだ。

「大河原、な、なんだその格好は」

半身に後ずさりながら、ロートルの庶務班長が言った。答えるかわりに、軍曹は彼らをひとにらみににらみ倒した。

こういう威迫には自信があった。身長一メートル九十、胸囲百三十五センチ、スタローンをしのぎ、シュワルツェネッガーに匹敵する堂々たる体軀（たいく）である。しかも連隊内では泣く子も黙る空挺レンジャー隊員、銃剣術は五段錬士、徒手格闘術特級、夜間高校では珠算三級を取得していた。

人垣はドッと退いた。

「なんだ、入れ」

室内から連隊長の声がした。

「大河原一曹、入ります」

軍曹はドアを開けた。応接セットにキラ星の如く並んだ幕僚たちは、彼の姿をひとめ見るなりいっせいに腰を浮かせた。

その狼狽ぶりは軍曹を得心させた。奸臣永田鉄山軍務局長を斬殺した、尊敬する相沢三郎中佐の姿そのものであろうと考えた。しかし——実際に人々の想起したものは、むしろ八つ墓村の殺人鬼の姿以外の何物でもなかった。

「な、なんだね大河原君。その変わった装備は……戦闘訓練か。そうだね、ハッハッハッ」

師団長の手前、とっさに言い繕う連隊長の顔には、（マズイ時にマズイ奴が来た）という焦りの表情が見うけられた。軍曹は後ろ手にドアを閉め、施錠をした。

「これは、訓練ではありません」

そう言って右手に拳銃を構え、左の腰だめに六四式小銃を構えると、幕僚たちは悲鳴を上げて床に打ち伏した。机の陰に転がり込んだ連隊長は、おそるおそる目だけを覗かせて言った。

「おまえ、自分が何をしているか、わかっているのか」

「わかっております」

いやがる副官をむりやり楯にして、連隊旗の下にうずくまっている師団長が言った。

「待て、話せばわかる。ともかく連隊長と話し合いなさい」

「いえ、自分は師団長閣下に意見具申をしに参ったのであります」

「私は君なんか、知らん」

「閣下はご存じなくとも、自分は閣下を良く存じております。すなわち閣下の命令ひとつで死ぬ、第一師団麾下の普通科連隊隊員であります。知らぬから対話をせぬというのは、民主国家の原理に反します」

「ともかく、用件を述べよ」

「政府の湾岸への派兵を阻止していただきたい」

「そんなこと、できるものか！」

と、床に打ち伏して頭を抱えたまま、幕僚の一人が言った。

「憲法の名のもとに認知もされず、四十年間も私生児あつかいされてきた隊員たちを、今、平和の名のもとに殺そうとする。これは人倫に悖る行為であります。自分は承服いたしかねます」

「何がジンリンだ。貴様のやっていることは犯罪だぞ」

軍曹の威嚇に合わせてモグラ叩きのように立ったり座ったりしながら、連隊長は言った。

「承知しております。しかし倫理が法律に優先するのは自明であります。自分は沈黙こそが反逆であると確信して、この挙に出たものであります。ご返答ねがいたい。しからずんば自分は一死以て(もって)、地下の英霊に相まみゆる所存であります」

匍匐(ほふく)しながら応接セットの下で顔をつき合わせた幕僚の一人が呟いた。

「地下の英霊に相まみゆるだって、バカか、あいつ」

黙れ！　と軍曹は叫び、ダダッと小銃を掃射した。たちこめる硝煙の中で周囲は一瞬静まり返った。

「英霊は戦さの象徴ではない。平和の異名である。そんな世界的常識をわきまえぬから、国際社会から孤立するのだ」

師団長はおずおずと部屋の隅からはい出した。

「大河原一曹、といったかな。し、しかしだね君、自衛隊には文民統制(シビリアン・コントロール)という原則があって、私たち制服組はだね……」

「そんなことはわかっております。その文官(シビリアン)が、ヘタクソな外交のツケを隊員たちの血で贖(あがな)おうとしているのであります」

「平和のために血を流すのは、我々の使命じゃないか、そうだろう」

「だったらあなたがたが血を流せば良い。閣下は自衛隊員の何たるかをご存じないのであります。求人雑誌の氾濫する今の世の中で、このワリに合わない職場を選ぶ若者がどういう者たちであるか、その多くは歪んだ学歴偏重の社会に身の置き所をなくした、いたいけな青年であります、東大出のキャリアが犯した過ちを、彼らの血で濯ぐべきではない」

「わかった、おまえ共産主義者だな」

幕僚が床から頭をもたげて言った。軍曹は再び小銃を脇に抱え上げ、窓に向かって掃射した。南向きの窓ガラスは粉々に砕け散った。

「自分はそういう偏向した思想を持ってはおりません」

「そうかな、かなり偏向していると思うが……」

そう呟いた幕僚に向かって、師団長は激しく首を振って目くばせを送った。

「なげかわしいことであります。師団長閣下も幕僚ドノも、制服を着た文官でありますか」

心地よい春の風が流れ込む窓辺に近寄ると、白いジープを先頭にして数台のパトカーが走って来るのが見えた。軍曹は落胆した。全く二十年前のあの日と同じだ。駐屯地の警務隊は事件とみればすぐ一一〇番をする。自衛隊には軍隊としての主権は何ひとつないのである。そして正当な権利を主張する能力すらも。

「わかった。いちいちもっともだ。君の意志は陸幕を通じて防衛庁長官に伝えよう」

「それは、本当でありますか」

「ああ本当だとも。武士に二言はない。ささ、ともかく落ち着いて」

老獪な師団長の言葉に、軍曹の憤懣は急速に萎えた。彼は善悪の分別にはことさら敏感だったが、虚実の判定のできないたちだった。

「そうですか、わかっていただけましたか」

「ああ、わかったとも。さ、わかったから神妙にしなさい」

「いえ。自分はすでに国家の人柱となる覚悟を決めております。連隊長室を血で汚す不作法はお許し下さい」

軍曹の心は一瞬にして鏡のように澄みわたった。彼は床に正座し、武器とロープを並べ、その上に肌身はなさず身につけていた「内閣総理大臣閣下」宛の意見書を重ねた。

「お騒がせいたしました。なにぶん一生に一度のことゆえ、仕損じましたら介錯をお願いいたします」

拳銃をこめかみに当て、ゆっくりと引金をしぼった。

――もしその時、彼が目を閉じてさえいたなら、話はここで終わるのである。

しかし、二十年前のあの男を真似て皇居を遥拝しつつ死に赴こうとした彼のロマンチシズムが悲劇を呼んだ。

仰ぎ見た右手前方一時の方向、方面総監部の屋上に翩翻とひるがえる日章旗を見たとたん、彼の手元は狂った。

自分のはいているパンツが、日章旗の柄でも官品の白ブリーフでもなく、キャバレーの女から贈られた星条旗柄のボクサーパンツであったことを思い出してしまったのである。しかもそれは、すでに継続帯用五日に及び、トイレに行くたびに辟易するほどの悪臭を放っていたのだ。

激しい衝撃とともに撃鉄が落ちた。

昏倒したまま、薄れゆく意識の中で彼は、自分を覗き込む幕僚たちの姑息な、卑屈な、軽蔑すべき公務員ヅラを見ていた。

「こりゃ驚いた。弾痕が頭蓋骨を一周している。とんでもない石頭だ」

「和製ランボーです。この頭なら鉄帽も要りません」

「いっそ介錯しますか。後が面倒だし」

「いや、そこまでせんでもいいだろう」

「しかし後遺症が残って半身不随にでもなったら気の毒です」

「こいつは半身不随になってちょうど普通の人間だからな。べつに気の毒なことでもあるまい」

ドアが開き、耳元で靴音が乱れた。これが死というものだろうかと、彼は頭の隅でけっこう冷静に考えていた。しかし待てど暮らせど瞼の裏に日輪は赫奕(かくやく)とは昇らず、やがて底知れぬ淵に沈むような、深い闇が来た。

収賄者

「きょうはあなたにお別れを言いに来ました。じゃあ、お元気で」

東京拘置所接見室のプラスチック板の向こうで、妻は一言そう言ったなり、早くも席を立とうとした。

「ちょっと待ってくれ。まさかそれだけを言いに来たわけじゃあるまい」

夫があわてて呼び止めると、妻はシルバーフォックスの豪華な襟(えり)をかき合わせて答えた。

「アラ。それだけを言いに来たのよ」

「どういうことだ。説明してくれ」

「仕方ない人ね。余り言いたくないんだけど――私、婚約したの」

「婚約?」

「そう、大介(だいすけ)がかかりつけの小児科のお医者さん」

「冗談はよせよ」

「冗談じゃないわ。あなた、離婚届に判だって捺したじゃない。今さら何を言っているの」

「あれは、マスコミがやかましいからとりあえずそうしておけって、弁護士が……」

「ふうん。そんなこと言ってたんだ。知らなかったわ。じゃああなたは、擬装離婚だと思っていたのね」

「子供は、大介と美也はどうするんだ」

「あの子たちは尾形の家の子供ですもの。それともあなた、人並に親権を主張するとでもいうの？　大丈夫、もうすっかりパパになついているわ。心配ないわよ、広橋さん」

夫、いや正しくはかつて夫であった広橋秀彦は、眼鏡をはずし、顔を両手で被った。聡明な彼は、もうそれ以上何も聞くことはないほど、事態を理解していた。

「お義父さんは、何と言っている」

「しょせんあなたは役人の器だったんだって。器以上のことをするから、こんなことになるんだって」

「僕を山内先生の秘書に推したのはお義父さんだよ。もともと僕は役所をやめる気なんか、これっぽっちもなかったんだ」

「それはあなた、将来は次官になるより大臣になったほうがいいからよ。山内先生だっていつもおっしゃっていらしたじゃない、後継者はあなただって。それがなによ、わけのわからない会社からお金なんか貰って。一番かわいそうなのはお父さんよ。うちのムコは末は大臣、いや総理総裁だって、みんなに自慢していたのに」

俺は金なんか貰っていない、と思わず咽元（のどもと）に出かかった言葉を、広橋はあやうく呑み下した。

「ともかく尾形の名は一生口にしないで下さいね。じゃ、さよなら」

広橋はしばらくの間、ぼんやりと接見室のスチール椅子に座っていた。わざわざ別れを告げに来るなんて、いかにも形式ばかりを大事にするお嬢様らしい、と思った。

「さあ、行くぞ」

老看守が肩に手を置いた。舎房に向かって歩き出しながら、看守は言った。

「あんた、悔しくはないのかね」

「あんな言い方をされて、ですか」

「まあ、それもそうだが。いや、そんなことじゃない。悔しいだろう」

それは悔しいに決まっている。しかし、だからどうだと言うのだ。仮に法廷で供述をひるがえして、金は山内議員が受け取ったのだ、自分は何も知らない、などと言い出したところで、今さら取り戻せる物は何もないのだ。

「余分なことかも知れんが、俺はどうしてもあんたが収賄したとは思えない。無実の罪を被って、そのうえ女房子供まで手放すハメになって、いさぎよいと言えば聞こえは良いが、まあ、つまりバカだな」

「バカ、か……」

「そうさ、大バカだ。東大出て、大蔵省に入って、国会議員の秘書にまでなっても、やっぱりバカはバカだ」

広橋は保身ということを全く知らぬ男だった。自分でもそれに気づかぬほど、身を捨てて仕事をしてきた。看守の言う「バカ」とは、そうした生き方のことである。

いったん肚をくくった後は、あらかじめ任意で取調べを受けた山内議員の供述調書に沿って、肯き続けただけであった。そうすることによって、山内龍造という大政治家の政治生命が存続し、自分を見出してくれた義父に孝行ができる。彼なりの選択だった。

あの時――スリッパの底からはい上がってくる床の冷たさに身をふるわせながら、広橋は「あの時」のことを思い出した。

議員会館に電話があって、山内議員から直接、赤坂の「はま中」に来いと言われた時、俺ははっきりとイヤな予感がした。電話を取り次いだ第一秘書の顔にも、料亭に駆けつけたとき、自分を迎えた女将の視線にも、常ならぬ気配が感じられた。

座敷には議員と、何度か会ったことのあるリバティ社の会長がいた。やたらと財界人を気取った、あの貧相な、小ざかしい成り上がりだ。たわいもない知人たちの噂や、中東情勢や、今後の景気の見通しについてしばらく話し合った。しかし俺に対する会長の質問が全然マトを射ていないことや、何となく落ち着かぬ議員の様子から、本題がそんなことではないと想像できた。

やがて襖が開かれ、女将に招じ入れられた人物をひとめ見て、俺は仰天した。

義父が来たのである。義父は「よう」と言ったなり、決して俺の目を見ようとはせずに席についた。

議員が立ち上がって、坪庭に面した雪見障子を下ろした。そしていきなり、あのいまわしい話が始まったのだ。

三人が三人とも、席を外して俺に土下座をした。もとより全く与り知らぬことである。彼らの頭頂を見ながら、俺は苦慮した。罪を被れということは、俺にとって社会的生命を放棄しろというのと同じことなのだ。「君はまだ若い、自分たちは先がない、だから罪を負ってくれ」という論理は、生理学的な説得力はあるが、個人の利害を無視していると思った。頭を下げながら暴力をふるうことができるというのは恐ろしい。

義父がなぜその陰謀に加担するのか、俺にはわからなかった。それは未だにわからない。わからないだけに、尚更うとましい。

退官後まもないOBとして省内に隠然たる影響力を持つ義父は、もしかしたら事件に直接関与していたのかも知れない。あるいは一緒に頭を下げなければならぬほどの弱味を、山内議員に握られていたのだろうか。いずれにしても、その場での義父の存在は効果的だった。婿養子の立場として、それは妻や子に何かをねだられているのと同じことだったから。

俺は返答を一週間保留してくれ、と言った。議員は、一週間は待てない、三日だけ待つと言った。その時すでに捜査の手が迫っていたのだろう。

誰にも相談のできることではなかった。俺は休暇をとり、自宅の書斎にこもったまま、独りで苦悩した。そうして二日が過ぎた。

三日目の朝、新聞を取りに玄関に出てみると、階段の上に猫の死体が投げ込んであった。目を剝き、口から血泡を吹いた大きな猫だった。家人に気づかれぬようにそれを袋に入れて捨てに行くと、ゴミ捨て場のそばに白いベンツが止まっていた。俺を認めると車は走り去った。あとにはいかにも一晩中見張っていたというようにタバコの吸いがらが散乱し、これ見よがしに、右翼団体の名刺が一枚落ちていた。

その日、無言電話が何度もあり、妻はさかんに気味悪がった。電話は夜になっても続いた。警察に通報しようという妻の主張を、俺は理由もなく拒否しなければならなかった。そうしたやりとりの末、当然の結果として妻は俺の女性関係を疑った。妻は黙秘する俺を子供たちの手前も憚(はばか)らず面罵(めんば)した。しまいにはあたりかまわず物を投げ、刃物さえ持ち出した。

東北の貧農の家に生まれ、飲んだくれた父親と病弱な母親の夫婦喧嘩にいつも脅えながら育った俺は、子供たちを両脇に抱いて書斎に閉じ籠(こも)るしかなかった。鍵を閉め、子供たちに俺の尊敬するシュバイツェル博士の話を聞かせた。話しながら子供たちが眠ってしまうと、涙が出た。

真夜中に妻が来た。電話の主が俺を呼んでいると言う。とりあえず女性関係の疑惑が晴れても、妻は詫びなかった。

「僕はそういう無節操な男ではない。そのぐらいのことをわかってくれなければ困る」

そう、子供らを書斎から連れ出す妻に言った。

「あなた、言葉が足りないのよ。いつもそうじゃない」

その答えには、いかにも俺の性格を見透かしているような、妙な説得力があった。

階下に下りて電話を取った。低い男の声が、こう言った。

「……大介君、美也ちゃん、可愛いねえ。奥さんもずいぶん、美人ですねえ。きょうは二人とも、元気に遊んでいましたよ……」

問い質す間もなく電話は切れた。吹き抜けになった二階の手すりに、妻と子らが並んで、俺を見下ろしていた。俺は笑い返した。

「パパは、優しいばかりなんだから……」

人に頭を下げることを知らぬ妻の、それが彼女なりの精いっぱいの懺悔であろうと、俺は理解した。そして同時に決意した。

言葉の足りない俺は、妻子には何も告げず、翌日の夕刻、第一秘書と弁護士に付き添われて、警視庁に自首した。


「バカか……やっぱり、そう思いますか」

老看守は答えずに、影のように広橋の背に寄り添って歩いた。

バカという言葉は世間一般では慣用語のひとつに過ぎないが、広橋秀彦にとっては一種の衝撃力を持っていた。なにしろ生まれてこのかた、他人からバカと呼ばれたことはただの一度もないのだ。

「ああ、バカだな。バカもバカ、大バカだ」

広橋はバカの連呼に打ちひしがれ、廊下の隅にうずくまった。老看守はそんな彼の肩に顎を乗せるようにして囁いた。

「午後、調べがあるぞ」

「取調？　もうじき判決だっていうのに、何の調べですか」

「任意の取調べだから、べつに拒否してもかまわんが――だが一応、行ってみろ」

「今さら話すことはありません」

「そうか。だが、相手は本庁の名物刑事だ。もうじき定年になる人だから、話のネタに拝んでおいても損はない」

「名物刑事？――」

「マムシの権左。向井権左ェ門と言ったら、知らぬ者はない。房に帰って、みんなに聞いてみるがいい。名前を聞いただけで一人や二人は卒倒するぞ」

この期に及んで、いったい自分に何をしゃべらせようというのだろう。広橋は立ち上がって、歪んだガラス窓から荒涼とした冬の庭を見た。狭い拘置所の空には小雪が舞っていた。

「あんたかい、リバティからくされ銭を貰ったてえ悪党は」

取調室の窓にもたれてタバコを吹かしながら、刑事は言った。確かに蛇のような目だと広橋は思った。古ぼけた背広が、まるで作業服のように体の一部をなしている。口元には常に不敵な笑いを泛べているが、白目の勝ったきつい目は決して笑わない。

看守が広橋の両手錠を片手にまとめかえ、腰紐をスチール椅子に縛りつけた。

「浜の真砂が尽きたって、銭金でご政道を曲げる悪者は尽きねえ。なあ、尾形」

「もう尾形ではありません。広橋です」

「ああそうか。パクられた上にみくだり半たァ、気の毒なこった。泣きツラにハチってところだな」

「いったい何を調べようと言うんですか」

「聞きてえことは山ほどある」

「黙秘権を行使します。いや令状がないのなら取調べを拒否する」

看守が退室するのを待って、向井刑事は広橋に歩み寄った。背広のポケットから拳を抜き出すと、いきなり広橋の頬を殴った。広橋はくくりつけられた椅子ごと床に倒れた。

「なめるんじゃねえぞ。腰抜けの検察たァわけが違うんだ、安く見るな」

刑事は乱暴に広橋を抱え起こすと壁際に座らせた。それから自分も椅子を引き寄せ、背もたれに肘をついて向き合った。二人はしばらくの間、そうしてにらみ合っていた。

「あなたを、告訴します」

「上等だ。勝手にすりゃいい。俺ァな、てめえァみてえなエリート面を見ると、ムシズが走るんだ。ろくな仕事もできねえクセに言うことばかりァ一丁前で」

「少なくともあなたよりはマシな仕事をしてきたつもりです」

「おお、おお、言ってくれるじゃねえか。替え玉で自首するってのがマシな仕事かよ、え？　きょうびヤクザ者だってそんなバカな真似はしねえぞ」

広橋はひやりとした。何か新しい証拠を握って、事件の真相を究明しようとしているのかも知れないと思った。

と、向井刑事はふいにぶ厚い掌を広橋の頭の上に乗せた。

「だがよ広橋——」

刑事の意外な温もりが頭頂に伝わった。

「俺ァ四十年の十手三昧で、あいにく女房も子供も持たねえが、伜を持つなら、てめえのような奴がいい」

刑事は広橋の頭を揺すりながら、はげ上がった額を寄せてきた。

「なあ広橋」、と、そのまま広橋のうなじを抱き寄せて、刑事は言った。

「おめえはまずたいがい執行猶予になる。だが、それからどうする。もう行き場もあるめえ」

「故郷(くに)に帰って、農業でもやります」

「おめえ、それでいいのか」

「仕方ないでしょう」

「恨みを水に流すてえのァ、聞くにゃカッコウいいが、あんまりほめたことじゃねえぞ。恨みてえのァ、生涯、岩に刻んでこそ男だ」

刑事のまなざしは真剣だった。もしかしたら真実を聞き出す殺し文句かも知れない、とも思ったが、その言葉のひとつひとつはひどく広橋の胸にこたえた。

「今の一発はオヤジのゲンコだと思え。どうせそんなけっこうな親を持っちゃいめえ」

刑事は言いながら、小さく畳んだ紙片を広橋に手渡した。そこで初めて満面で笑いながら言った。

「そこにおめえのこの先の人生を置いといてやる。釈放(パイ)になったらその足で取りに来い」

邂逅

ことさら寒い日だった。

広橋秀彦は銀座通りの雑踏を歩きながら、何度も街路樹の下に立ち止まっては眼鏡を拭った。

半年ぶりに見る街の風景は、まるで舞台の書割のようだった。すべての色彩はまるで蛍光塗料をぬりたくったようにけばだたしく、すべての物の形は抽象化されていた。一種の錯覚には違いない。しかしそうとは言い切れぬ。世界は広橋の中で、確かに変容していた。

高級クラブがひしめく裏通りに、目的のビルはすぐに見つかった。道路に面して大理石の螺旋階段が上り、中二階のシャッターが閉じていた。立入禁止と書かれた札に、ビニールケースに入った裁判所の執行書類が貼りつけられている。押し上げると、シャッターは造作なく開いた。

非常灯のかすかな緑色の光の中を手探りで歩くと、突き当たりにエレベーターがあった。底知れぬ闇の中に数字が点滅し、まるで広橋を待ち受けていたかのようにドアが開いた。

箱の中は四面が暗い色の鏡だった。無限に並んだ自分を乗せて、エレベーターはゆっくりと昇り始めた。

　九階の扉が開くと、赫（かが）かしい光がなだれ込んできた。そこは象牙色と金色に彩られた豪奢（ごうしゃ）なフロアである。床には緋色（ひいろ）の絨毯（じゅうたん）が敷きつめられ、快い音楽が流れ、あたりはふしぎな光に満ちていた。

　適度な湿り気と、清浄な湯の匂いがたちこめていた。

「ああ、風呂か……」、と広橋は思わずひとりごちた。それは長い拘禁生活の間、彼が最も渇望してきたものである。拘置所の中はひどく寒く、からからに乾燥し、不潔だった。

　無人のフロントを通り抜けると、ロッカールームだった。湯の匂いが身近に迫ると、広橋は矢も楯もたまらずにコートと背広を脱ぎ、ひきちぎるようにネクタイをはずした。

　ロッカーの中に用意されたバスタオルを腰に巻き、バスルームに入る。たちこめる湯気の中にギリシア風の太い円柱（エンタシス）が列（なら）んでいる。大理石の広い浴槽の中心から立ち上がったアトラスの像が、そのたくましい肩に巨大な地球を持ち上げている。湯は踵（かかと）を浸して流れるほど、たわわに溢れ出ていた。

　広橋はかつて見たこともないその豪華な湯殿を見渡した。彼の明晰な頭脳はまだほとんど機能していなかった。

（この先の俺の人生、か……）

一週間前、ふいに拘置所を訪れ、謎めいた言葉とこの幽霊ビルのありかを示した地図を置いて立ち去った、蝮（まむし）の権左という刑事の顔を、広橋はふと思い浮かべた。

湯気の中に、太い丸太を組み上げたサウナルームがある。この先、何が待ち受けていようが、とりあえず汗をかくことは必要だと広橋は思った。

厚い扉を開くと、心地良い熱気が体を押し包んだ。

入口に向かってコの字型に組まれた雛（ひな）壇の正面に、見知らぬ男が一人、腕組みをして座っている。男はけだるそうに首をもたげてちらりと広橋を見たきり、また瞑目（めいもく）した。手首から足首まで、みごとな彫物（ほりもの）を入れている。壁面に嵌（は）めこまれたステンドグラスを背にしているせいでその表情は良く見えないが、まるで広橋に興味を持たぬように見える。

この正体不明のサウナバスにこうして入っているからには、自分と関係のないはずはない。しかし広橋には、請（こ）われて来たのだという自負心があった。黙って右段に座り、同じように腕組みをした。

少しずつ運動を始めた頭の中で、広橋はこう考えた。

警察とヤクザ者とが、この事件物のビルをめぐって何か暗いつながりを持っているのだろう。そして彼らは自分を必要としている。

体中の細胞がめざましい早さで蘇（よみがえ）るように感じられた。彼らが本当に自分を必要としているのならば、ここにこれからの人生を置いてみるのも悪くはない。

乾ききった肌から汗が滲み出るまでには、狂おしいぐらいの時間が必要だった。息を荒(あら)らげながら男を見やると、やはり唇を堅く結んで、じっと熱さに耐えている。

目が合った。今度は切れ長のきつい三白眼(さんぱくがん)を広橋の顔にきっちりと据えた。広橋も目を逸(そ)らそうとはしなかった。

室温は時とともに上昇していくように感じられた。瞼や肩や脇腹に、錐(きり)で刺すような痛みを感じるほどの熱さである。数分間にらみ合った末、二人は全く同時に口を開いた。

「君は誰だ」

「おめえは誰だ」

それからまたしばらく、互いの回答を待つようににらみ合った。

「初対面の人間に、おめえはないでしょう」

「初対面の人間に、キミはねえだろう」

また同時だった。二人は顔をそむけて目をつむった。——実はこの時、二人の男は全く同じことを考えていたのである。

(俺はこいつに頼まれてここに来たのだから、頭を下げる必要も、こっちから名乗る必要もないのだ)

時計はすでに十五分を経過している。汗は流れるというより、ほとばしり出るようだった。広橋は男の手前、苦痛をおくびにも出さなかったが、このまま男が頭を下げようとしなければ、遠からず脱水症状を起こすだろうと内心危惧(きぐ)した。

それにしても、なんて剛情な奴だ。

ピスケンがサウナに入ってから二十分が経つ。もう汗は出切ってしまって、皮膚には粗(あら)い塩が吹いている。心臓は耳の奥で、尋常でない鼓動を響かせている。いかん、意識がモウロウとしてきた。いったいこいつは何者なんだ、七・三分けの青ビョウタンの癖に、なんだか大層な貫禄がありやがる。

室温はさらに上昇した。肌に感じるのは、熱さというよりすでに痛みだった。だがどうあってもこいつに背中を見せるわけにはいかねえ、物事は何だって最初が肝心なのだ、とピスケンは唇を嚙んだ。

パシッと妙な音がして男の方を見やると、無念無想で背筋を伸ばしている男の、片方の眼鏡にヒビが入っていた。男は動かない。見る間にもう片方のレンズがパシリと割れた。

何て剛情な野郎だ。このままどっちも口を開かなければ、たぶん命にかかわるだろう。わけのわからん場所で、わけのわからん奴とサウナに入って、あげくにミイラになって死んだとあっては、なんとわけのわからん人生だろうか。

　さらに十分余りの時間が経った。自然と前のめりになる体を伸ばそうとした時、スッと気が遠くなってピスケンは雛壇を転げ落ちた。ほとんど同時に男も落ちてきた。二人は床をかきむしりながら扉に向かって匍った。

「もう、やめましょう……」

「ああ。しかしどちらのお身内か知らねえが、大した根性で……」

「いえ、あなたも。あ、ダメだ。もう目が見えない」

「そいつァメガネのせいだ。弱気を出しちゃいけねえ、ここで死んだら世間の笑いものだ」

　広橋の肩を支えながら、ピスケンは遠のいて行く扉に向かって虚空を摑み、力尽きた。と、突然扉が開いた。二人が頭をもたげると、間口いっぱいに筋骨たくましい大男が立ちはだかっていた。アトラスが動き出したのだと広橋は思った。

「タ、タレかっ！」

　大男は破れ鐘のような声で叫び、半歩さがって身構えた。

「もう誰だっていいじゃねえか。またわけのわからねえのが来やがった」

「誰だか知らないが、そこをどいて下さい。風が入らない」

　二人はさらに床をかきむしって前進した。大男が頭上で言った。

「この危急の折に諸君らを救けることについてはヤブサカではないが、その前にひとつ聞いておきたい。湾岸への自衛隊派遣について、諸君らはどう思うか」

ようやく大男の足首にすがりついた二人の手は、その一言で力を喪ってすべり落ちた。

「おめえ、バカか。アラブの砂漠だってここよりゃマシだ」

「ああ、ここから出られたらどこだって行くさ。頼むからどいてくれ」

軍曹は二人の男を軽々と抱き起こした。

「そうだ、我々は死を怖れるのではない。犬死にを怖れるのだ。諸君らのそのいたいけな愛国心を、あたらサウナで散らすわけにはいかんな。しかしそれにしても、救けてくれと言わずにどいてくれと言う。その意気や良し。あっぱれ日本男子の鑑である」

「何が意気や良しだ。もう息が止まるぜ、おい何とかしろ、能書きの多い野郎だ」

軍曹はすっかり体重の軽くなった二人を両脇に抱え上げると早足で歩き、水風呂に放り込んだ。

「どちらのお身内か知らねえが、危ねえところを救けていただいて、お礼の言いようもありやせん」

水風呂に浮いたまま、ピスケンは言った。

「おや、おケガをなさっているようで」

軍曹はフト気づいたように舌打ちをし、額に巻かれた包帯を荒々しく解いた。右の眉をえぐって左の額に抜ける、まだ生々しい深傷（ふかで）があらわれた。

「おや、にいさん。そいつァ拳銃（チャカ）の傷じゃありやせんか。よけいなことかも知れねえが、ことと次第によっちゃ加勢いたしやすぜ。さ、聞かせておくんない」

軍曹は水風呂の縁に腰を下ろして、悠然と周囲を見渡した。その様子を見ながら、広橋秀彦は事態のおおよそを理解したのである。彼の頭脳は急激な加熱と冷却の結果、すっかり本来の機能を回復したのだった。

「君ら、向井とかいう刑事にここを教えられたんじゃないのか」

二人はギョッとして広橋を見た。

「おめえも、そうか」、とピスケンが言った。

「実はそうだ。ここに来れば身の振り方がわかるというようなことを言われた。釈放されたその足で来たんだ」

「ナニ、釈放だと……」

しばらく広橋の顔を見つめてから、ピスケンと軍曹はアッと声を上げ、同時に広橋を指さした。

「おめえ、どっかで見たと思ったら」

「そうだ、リバティ社からワイロを貰った政治家秘書、ニュースで見たぞ。この国賊め、貴様は売国奴だ！」

「あ、そういうてめえも思い出した。自衛隊の中で大暴れした末に自殺未遂したっていうバカだ。ニュースの画面で顔がブラウン管からはみ出していやがった。刑務所で大笑いをしたから覚えているぞ」

正体を見破られた広橋と軍曹はピスケンをにらみつけた。

「そういうあんたは何者だ」

「俺か、俺ァ……ま、いいか。聞いて驚くな、ひ、ひ、ひとごろしだ」

「ちっとも驚かん」

広橋と軍曹は同時に答えた。

「ふん。驚かなくたって、てめえらとはハクが違わあ。思い起こせァ十三年と六月と四日前、あの三十五人も死んだ大喧嘩の千秋楽で、サツとヤクザの十重二十重のガードをかいくぐり、関東銀竜会の総長を女房もろともブチ殺したのァ、他でもねえ、人呼んでピストルの健太。俺らのことだあな」

三人は互いに見つめ合った。それからまた同時に、

「なんて悪党だ！」、と声を揃えた。

しかし、のっぴきならない緊張の中で、殺人者と反逆者と収賄者は、またしても全く同じことを考えていたのである。

（こいつらタダ者じゃねえ。レツを組んで一仕事しろってことか）

（あの刑事がベッドの中の自分に言いきかせたとおり、一人でできることなどタカが知れているのかも知れぬ）

（ここに置いてある俺の人生とは、きっと彼らのことだ……）

「そうだ！」、と三人は同時に叫んだ。長いこと忘れていた笑顔を、互いに見合わせた。

「こいつァ面白え。なんだか妙にハモるじゃねえか」

ピスケンはすっかり鮮やかな青さを取り戻した彫物を輝かせて、勢いよく水の中から立ち上がった。

夢の砦(とりで)

ハッピー・リタイア

その日の警視庁は送る者、送られる者、悲喜こもごもの挨拶でごった返していた。

去る者の多くは終戦後の悪い時代に警察官となった老人たちである。

忙しく室をめぐるたびに拍手が湧き、「ごくろうさま」が連呼される。老人たちは花束や餞別の品々を抱えて次の室へと向かう。そうした儀式は朝早くから、ひっきりなしに続いていた。

階下のそんな喧騒とはうらはらに、向井権左ェ門警部補がいつに変わらぬ猛稽古を終え、ようやく防具を解いたのは午近くである。

汗を拭い、着古した上衣とコートを羽織り、トレードマークの鳥打帽を冠る。ロッカールームの若い巡査たちは、そんな彼を奇異な目で眺めていた。

「なんだおめえら、おかしいか」

向井刑事が振り返ると、若い巡査たちは一斉に目を伏せた。

「いえ、その……向井さん、きょうでリタイアじゃなかったんですか」

視線から逃げ遅れたひとりが訊ねると、老刑事はフンと鼻で笑った。

「手錠(ワッパ)も手帳もまだ返(けえ)しちゃいねえ。朝っぱらからおめかしして挨拶回りするほど、ヒマな職場でもあるめえ」

若者たちは一様に感心したふうをしているが、その実、呆れている。流行のソフトスーツに着替えた若い刑事が、苦笑しながら言った。

「なんだか、黒澤明(くろさわあきら)の映画に出てくる刑事(デカ)みたいで」

「おお、そいつァ光栄だ。そういうおめえだって、きょうびのテレビドラマに出てくる刑事みてえじゃねえか」

「しかし向井さんのそのなりじゃ、張り込むにしたって、私は刑事(デカ)ですって言っているようなものですよ」

こらえていた笑いがロッカールームに溢れた。老刑事はコートの襟を立て、若い刑事に歩み寄るとその肩を摑んだ。

「なんだこれァ。フットボールでもあるめえにツメモノなんぞしやがって。鍛え方が足らねえぞ」

向井は若い刑事の周りをぐるりと歩いた。彼が真顔になっただけで、あたりは静まり返った。この老刑事が「蝮の権左」であるということを、今さらのように誰もが思い出したのである。

「おめえ、定年まで刑事をやるか」

「はい」と若い刑事は姿勢を正した。

「よし、そんならひとつだけ言っておく。俺が駆け出しのころ、盲縞の単衣の着流しの尻を端折った刑事がいた。明治生まれの、立派なふたつ名を持つ名物刑事だった。俺が、それじゃまるで捕物帳の岡っ引じゃありませんかって言ったら、その刑事はこう言いやがった。そういうおめえだってクロサワの映画に出てくるようじゃねえか、ってな。わかるか、おめえのそのなりだって、三十年もたちゃそう言われる」

向井は若い刑事の肩を突き放すと、ドアに向かって歩いた。

「そうだ。その盲縞が俺に言ったことを、そのまんまおめえらに申し送っておかずばなるめえ。いいか、刑事に見られねえように気をつけてるうちァ、まだ半人前だ。精一杯の刑事のなりで、真正面から手錠を打てるようになれ――で、三十年たったらよ、おめえらもそのチャラチャラした背広を着たまんま、若え者にそう言ってやるこった」

向井は廊下に出ると、鳥打帽の庇を下げ、コートのポケットに両手をつっこんで歩いた。すれ違う職員や警官たちはみな、送る言葉をかけそびれた。ただでさえ近寄りがたいこの老刑事の物腰には、今日を限りに職を退くふうなどみじんもなかった。むしろその足で家宅捜索にでも行くような、或る種の気迫すら感じられたからである。

向井刑事は四課の室に入ると、まっすぐに課長席に向かった。

「おう課長。相変わらずヒマそうだな。これ、返しとくぜ」

向井はそう言って、警察手帳と手錠を机の上に置いた。書類に目を落としていた若い課長は、ギョッと顔を上げた。

「や、やあゴンさん、どこへ行ってたんだ。そろそろ見送りの時間だよ」

「ふん、いよいよ厄介払いってわけか。それよりなんだ、おめえさん、天政連合のカシラの逮捕状、まだ取れねえのか」

課長はペンを置き、なだめるように笑い返した。

「まあそう言うな。あとは任せておいてくれ」

「任せておけねえから、こうして手錠を返す時まで言うんじゃねえか。それともなにか、おめえら上の者ンは、天政をパクれねえような妙なワケでもあるのか」

「おいおい冗談はよしてくれ――ともかく、ご苦労様でした」

課長はそう言って椅子から立ち上がり、部下の老刑事に向かってペコリと頭を下げた。

「うん。そうやっておめえさんが頭を下げると、ボウヤの時分を思い出すなァ」

クソ、早く出て行け、とでも言うように、課長は上目づかいに向井を睨んだ。

「覚えてるか、あれァ第一次頂上作戦の時だったかよ。ガサに入えった事務所で、出合いがしらの撃ち合いになってよ。このボウヤ、小便ちびりやがった。パトの陰から頭も出せなかったが、それでもふるえながら俺の拳銃（ハジキ）の弾ごめはしてくれたぜ。ま、そのころからなんたって頭の低い奴だった」

刑事室（デカべや）には押し殺した笑い声が広がった。

「ゴンさん、ともかくご苦労様でした」

向井の目がひとしきり吊り上がったと見るまに、課長の額にピタリと銃口が当てられた。刑事たちはワッと声を上げて退いた。

「そうだ、あぶなく忘れるところだったぜ。こいつを返しておかにゃ、銃刀法違反だ」

言いながら向井は、三八口径ニューナンブの撃鉄をカシャリと起こした。課長は身じろぎもできず、机の上にはいつくばったまま目をつぶっている。

「はあて、近頃すっかり物忘れが多くって、弾が入（へ）えっていたかどうか覚えがねえ。や、確か一発は入えっていたな」

「ゴ、ゴンさん。冗談はやめてくれ」

向井は引金を引いた。カチンと撃鉄が落ちた。

「気に入らねえな。ともかくご苦労様たァ、どういう言いぐさだ。俺を送るにゃ、言葉が違いやしねえか、おう佐久間（さくま）」

「ゴン、いや向井警部補、長い間のお勤め、ご苦労様でした」

「そうだ。はなからそう言やあいい。年寄りをぞんざいに扱いやがるから、天政連合なんぞにナメられるんだ。いいか佐久間、てめえヤクザ者なんぞとツルみやがったら、ただじゃおかねえぞ」

「いえ、決してそのようなことは……」

向井はキリキリと撃鉄を引き起こすと、もう一度引金を引いた。課長は額に脂汗を浮かべて唇を嚙みしめている。

「そのようなことがあるから言ってるんじゃねえか」

「ゴンさん、なあ、悪い冗談はやめてくれよ」

「冗談？　俺ァおめえみてえなクズ刑事は、いねえほうが世のためになるってマジメに考えているんだぜ」

向井はオッ、オッと掛け声をかけながら、引金をたて続けに引いた。室内には悲鳴が上がり、課長は椅子をひっくり返して床に尻餅をついた。向井が最後の一発を天井に向けて撃つと、初めて実弾が発射された。机の上にパラパラとコンクリート片が降り落ちてきた。

向井は硝煙の立ち昇る拳銃を、課長の胸元に投げた。

「よりにもよって最後の一発たァ、運の強え野郎だ。その調子なら警視総監だって夢じゃねえな。おい佐久間、生きてるか？　暴発の始末書はてめえが書いとけ。命拾いしたんだ、バチは当たるめえ」

後を追って廊下に走り出てきた刑事たちに向かって、振り向きもせずに向井は言った。

「四課(マルボウ)は刑事(デカ)じゃねえぞ。桜の代紋をしょった極道だ。ハンパはするなよ、わかったか」

エレベーターを待ちながら、ひと仕事を終えた時いつもそうするように、向井は首を回した。

六十歳という年齢を意識したことはただの一度もない。体力が衰えたとも、勘が鈍ったとも思わない。だからむしろ、罷(や)めるというより、はじき出されるような気がしてならないのだ。警察が自分を養いきれなくなった限界に、たまたま都合良く今日という日が訪れただけだと、首を鳴らしながら向井は考えた。

エレベーターには掃除係の老婆が乗り合わせていた。向井を見上げ、反(そ)ッ歯をむき出して笑いかける。

「ゴンさん、定年だって？」

「ああ、世話になった」

「やだよォ、頭なんか下げて」

「食堂のジジィと掃除のババァにだけァ、世話になったからな」

「そりゃ、あんたらしい言い方だわ」

老婆はチリトリのフタをカタカタと鳴らして笑った。

「新庁舎は広いから、掃除も大変だろう、ババァ」

「そうねえ。きれいなだけゴミも目立つしねえ」

「おたげえ、楽じゃねえな」

「なに言ってんの。明日から楽隠居のくせに」

「ハテ、そうも言ってられねえんだ」

「天下りかね」

「よせやい。それほどゲスじゃねえ」

「じゃあ、ガードマンとか」

「ガードマン、か。ま、そんなところだ」

一階の廊下では、申告を終えた退職者たちが縦隊をつくって退庁する最後のセレモニーが行われようとしていた。あちこちにフラッシュが爆ぜ、拍手が湧き起こっていた。ホールでは音楽隊が「蛍の光」を演奏していた。

「グッドタイミングだな。まあ仕方ねえか」

と、向井はひとりごち、列の最後尾について歩き出した。同期の老刑事が会釈をしたなり、しげしげと向井の服装を眺めた。

「ゴンさん、まだひと仕事するみたいだね」

「おめえはしねえのか」

向井の悪態に、老人はふと顔をしかめた。

「僕ァ、もう疲れましたから。悠々自適に暮らしますよ」

「疲れた、か。それほどたいそうな事件（ヤマ）を踏んだとァ思えねえが。だが、そいつも悪かねえ」

見送りのひとりひとりと握手を交わしながら、退職者の列はゆっくりと進んで行く。向井はコートのポケットに手を入れたまま、他人事のように列の最後を歩いた。彼にだけは握手を求める者も、花束を差し出す者もいない。

通用口から国道に出ると、退職者たちはちりぢりに去って行った。拍手がひときわ高くなった。群衆に押し出されるようにして街路に出た向井を、警視総監が迎えた。

総監は礼装の白手袋を向井に差し出した。向井はポケットに手を突っこんだまま、面の中の目のように据わった眼差しで、総監を見返した。

「ゴンさん――」

総監は立ち止まった向井の二の腕を掴み、花束をコートの胸に押しつけた。

「相棒(バディ)の餞別じゃあ、ムゲにもできめえ」

と向井は口元で笑い、花束を受け取ると無造作に肩に担いだ。

「なあキンちゃん。少し歩くか」

「ああ」、と総監は微笑んだ。二人がブラブラと歩き出すと、少し間を置いて物々しい礼装の幹部たちが後に随(したが)った。

「まったく出世するってのも不自由なこったな」

聞こえよがしに振り返ると、幹部たちは一瞬立ち止まって間隔を取った。

「ゴンさんには、済まないことをした――」

と、警視総監は口ごもった。

「なんでえ。俺が警部補のまんま退職するってことか」

「まあ、そうだ」

「仕方あるめえ。表彰状の数だけ始末書も書いたんだ」

「言ってしまえばそれまでだがな……」

「おい、俺ァ何とも思っちゃいねえぞ。俺がクスブったとも思わねえし、おめえがハネたとも思わねえ。まあ、適材適所って奴だ」

「本心でそう思うか、ゴンさん」

「あたりめえだ」、と向井は歩きながら鳥打帽の庇を上げ、青空に目を細めた。

「俺ァな、キンちゃん。たとえ同期の相棒だって杓子定規に扱う、そんなおめえが好きだ。行政てえのは、そうでなくちゃならねえ」

総監は向井と肩を並べて信号を待ちながら、考え深い顔をして遠くを見つめた。

「ゴンさんはどこも変わらないな」

「そういうおめえも新宿の闇市の時分から、どこも変わっちゃいねえ。相変わらずの朴念仁だ」

横断歩道を渡り切ると、黒塗りの乗用車が待っていた。三人の男が車から降りた。付き随ってきた幹部たちは駆け寄って、総監の前に立った。

「なに、気にするもんじゃねえ。俺のセガレどもだ」

「セガレ？」

幹部のひとりが総監に耳打ちをした。

「ナニ？」

聞きながら総監の目は、まず後ろのドアから降りた、目つきのただならぬ革コートの男に注がれた。

「え、なんだって？」

次に、運転席からヌッと現われた筋骨たくましい男に視線を移した。

「ホントか？」

最後に助手席から降りた、度の強いメガネをかけた男を見ながら、総監は言葉を失った。

「ゴンさん、あんた……」

向井は花束を担いだまま車に歩み寄ると、まるで彼らに護（まも）られるように中央に立った。

「キンちゃん、俺を安く見るな。この権左、自慢じゃねえが、立身出世なんざただのいっぺんだって考えたこたァねえんだ」

「オヤジさん、それじゃ自慢ですぜ」

男の一人が向井の肩越しにたしなめた。

「あ、そうか。まあそんなこたアどうでもいい——俺の考え続けてきたこたァ、世の中の悪人をひとり残らず引っくくる、ただそれだけだ」

三人の男たちは相槌を打つように、一斉にうなずいた。

「自分で言うのも何だが、そんな努力の甲斐あって、挙げた犯人（ホシ）の数も前代未聞（ぜんでえ）——」

「始末書の数も前代未聞です」

メガネの男が呟いた。

「それもそうだ。良く知ってるな。おい、話の腰を折るな、ミエにもタンカにもなりゃしねえ。まあ聞きねえ。で——天に恥じねえ捕縄稼業も、御役御免の汐時に、めぐり合ったがこの三人。生まれた時が幸いで、お天道様を拝んじゃいるが、世が世であれば、磔獄門、万にひとつも命のねえ、極悪非道の大罪人だ。ワルのサンプル、外道の標本、そんじょそこいらの悪党たァ、ちょいとばかりモノが違う」

「字余りです」

大男がグローブのような指を折りながら言った。

「ところが——なあ、キンちゃん。俺ァこいつらが悪い人間だとァ、どうしたって思えねえんだ」

警視庁の首脳たちは顔を見合わせた。

「良い悪いは、裁判所が決めることだろう」

と、警視総監はすぐ目の前にそびえ立つ裁判所を指で示しながら言った。

「たしかにそうだ。だがしょせん、裁判官だって神様じゃねえ。法律だって聖書じゃねえ」

しばらく考えてから、ううん、と総監はうなった。

「なあるほど。余生を犯罪者の社会復帰に捧げるというわけか……」

「すごい、何て美談だ！」

「退職刑事が悪人の更生をするとは」

「これぞ公共の福祉に寄与する警察官のカガミです」

「国民栄誉賞、いやノーベル平和賞ものだ！」

「まるで鬼子母神だ」

幹部たちは口々に叫んだ。

「キシモジン？　なんだそりゃ。ま、ともかくそういうことで、俺ァ天下りもしなけりゃ隠居もしねえ」

警視総監は歩み寄って、大きく深く、いくどもうなずきながら向井の手を握りしめた。

「頼むぞ、ゴンさん。ワシも及ばずながら力を貸そう」

「およばずって――およびじゃねえんだ。おめえの力を借りたんじゃうまくねえ」

「まあそう言うな。仲間に入れてくれ」

ピスケンは向井の袖を引いた。

「なんだよこいつら、バカじゃねえか。旦那、行こうよ。わけがわからなくなってきた」

と、幹部のひとりが歩道に屈んで、カメラを構えた。

「総監、写真を撮りましょう」

「そうだな。よし、みんなここに手を重ねなさい」

三人の悪党は総監と向井の握手の上にそれぞれ手を重ね、ポーズをとった。

「あの、一番上の人。指が無いんですが、いいですか？」

帽子の庇を後ろに回した幹部が、ファインダーから目を外して言った。総監は怖る怖るピスケンの顔を見た。

「リアルで、いいんじゃねえか」

「そうか、そうだな」、と総監はうなずいた。

「じゃ、ついでに背の高い彼、何て言ったっけ、市ヶ谷で腹切った人――」

軍曹はカメラを睨みつけた。

「人聞きの悪いことを言うな。腹切りではない、拳銃だ。自分はそこまで古くはないぞ」

「失礼、その拳銃自決の人、できればおデコの傷が良く写るように半身になって下さい」

「こうか」、と軍曹は体の向きを変えた。

「ハイ、行きます。笑って下さい」

チーズ、と一同は呟いた。和気あいあいの雰囲気のまま、向井と三人の男は車に乗った。

「じゃあゴンさん。頑張ってくれ」

向井は窓を開けて、総監に言った。

「キンちゃん。今の写真、公表するのはちょっと待った方がいいと思うぜ」

「え？　どうしてだ」

「いやなに、人間それぞれの立場ってのがあるからよ……」

拍手に送られて車は走り出した。信号で止まった時、じっと物思いにふけっていたピスケンが身を乗り出して広橋の肩を叩いた。

「俺、おめえのことがわかったよ」

広橋秀彦は助手席で振り向いた。

「わかったって、何がですか」

「要するに、キャリアってのァ、本当はバカなんだ」

広橋はバカと言われて、再び悪夢を呼び覚まされた気持になった。しかし内心、その通りだとつくづく思うのである。

「そうだ。挫折を知らない分だけ、単純なんだ。そんな奴らに世界を支配されてはたまらない」

宴のあと

銀座七丁目の「キャッスル・メンバーズクラブ」は、いわく因縁つきのビルである。

地上九階建、前後が通りに面した、つまり表も裏もない立派なビルであるが、その二つの玄関のシャッターは固く鎖されたままである。

世界一高価な土地の上に建ったこのビルは、実際売り買いするとなれば百億はくだらないのだが、あいにくその権利書は裁判所の金庫に眠っている。

百億円と言えば、字に書くのはタダだが、なにしろ百億円である。仮に利回り確定型・五年物ワイド金融債に預ければ、ザッと計算して税込み七億九千四百二十万円の年間利息が受け取れる。さらに利回り変動型一時払い養老保険なんぞを利用すれば、四十歳男性の場合で八億五千四百万円の配当が期待できる。

いずれにしろ、先立っての天安門事件に際して、あわてて虎の子の中国ファンドを解約してしまった無知な一庶民からみれば、途方もない金額には違いない。

「キャッスル・メンバーズクラブ」が事件にかかわったおおよその経緯はこうである――。

さること三年前、つまりピスケンこと阪口健太がまだ府中刑務所で碁盤を作っており、軍曹こと大河原勲・元一等陸曹が市ヶ谷駐屯地内で銃剣術の稽古に汗を流し、ヒデさんこと広橋秀彦が大蔵省主税局で将来を嘱望されていたころ、この銀座の真ン中で一世一代の大勝負に出た男がいた。

もちろんこうした勝負は競馬や競輪とは違うから、決して予測の部分があってはならぬのだが、この男はそれまでの人生があまりにトントン拍子に行きすぎていたので、万にひとつも失敗を考えていなかった。男は自分を天下無敵の事業家だと思いこんでいたのである。

しかし、彼が天下無敵であったのは青森県北津軽郡における話であって、東京都中央区銀座では、そういう人間をカモネギと呼ぶのであった。東京で一旗あげるためには、せめて標準語をマスターしてからでも遅くはなかった。

確かに青森県北津軽郡出身は相撲を取れば強い。しかし両国国技館内にしばしばこだまする故郷の名は、東京の実業界には全然こだましなかった。

彼の大勝負にポンと駒を回したのは、この手の荒事を伝統的お家芸とする、あの銀行に他ならない。なにしろ絵を一枚買うにしたって何百億もの金を貸す銀行のことである。笈を負って上京した東北の山林王に大金を融資するのにヤブサカではなかった。

男は土地を買い、ビルを建て、超高級メンバーズクラブの会員を募集した。第一次正会員・一千万円・限定二百口。向こう一年で千人の会員を募れば「百億なんてへでもねえだ」と怖ろしく単純な計算をした結果、たちまち不渡手形を飛ばした。

「東京の人間はミエを張るばっかりで、銭コなんてからきし持ってねえ」、とボヤいたのはもちろん彼の思いちがいである。金ならいくらだってあった。石を投げれば億万長者に当たるのが東京であった。一千万どころか一億の金を持っていたって、ちっとも偉くはなかった。ただ、銀座のサウナに入るために支払う一千万の銭コなんて、誰も持っていなかったのである。せめて岩木山を見はるかすリンゴ畑の中にこの企画を打ち立てたのなら、話はまだマシであった。

彼が「仕組まれたワナだっぺ」、と言って銀行を誹謗したのも的が外れていた。商売に際して信義を重んずるのは、北津軽郡も銀座も同じである。ただ、「濡れ手でアワ」とか、「据え膳食わぬは男の恥」とかいう格言を、銀行はちゃんと知っており、彼が知らなかっただけである。据え膳を食わなければバカにされるのが、都会の食卓でのマナーであった。

一千万円の会員権が全く売れていなければ、話はそれでも簡単だった。経営者はイモであり、ブレーンはカボチャであったが、東京であらたに募集されたセールスマンたちはどれも百戦錬磨のツワモノであった。いわゆるペーパー商法で鍛え上げられてきた彼らにとって、不可能はないのであった。

もちろんそのようにして集まった十億か二十億の金は、あっという間に歩合給と交際費に消えた。

世の常として、慎重な人間はあきらめも早いが、そそっかしい人間ほど執念深い。当然の結果として訴訟の火の手はあちこちで上がった。で、この手の話を主たる営業品目に数える、東京の土俗的弁護士が音頭を取って、被害者同盟らしきものが結成され、めでたく事件になった。もつれればもつれるほど報酬はかさむ。マスコミが騒げば名前も売れる。善意の代理人を装いながら、弁護士たちはクックッ、と袖の下で笑うのであった。

世界一公平だが、世界一ノロいのは我が国における裁判の伝統である。孫子の教えに反して、拙速より巧遅を尊んでしまった結果、そうなった。中国をバカにするとロクなことはないのである。

そのうえ本件の場合、「ノロくやればそのぶん土地も値上がりして結果は公平になるであろう」、という裁判官のマクルーハン的炯眼もあって、審理は牛の歩みのごとく、一向に進まなかった。ノロくやることが被害者以外の全員の総意であるのだから仕方がない。

何カ月かに一回、思い出したように開かれる裁判は、回を重ねるごとに惰性に流れ、さながら商店会の無尽講の如きタダの寄合になった。このまま十年も経てば誰も損はしないという予測に立って、当事者全員が暗黙の了解をしているからであった。すでに傍聴人とてなく、清く澄みわたった静けさの中にスースーと寝息だけが聴こえる法廷は、神の降臨をひたすら待つ、土地神話の沙庭であった。

裁判所から指名された管財人は、「斯界の重鎮」といわれる老弁護士である。謹厳実直、博学才穎、若くして名を虎榜に列ねて以来、その名声はあまねく世々に高かった。長い裁判官生活を経て野に下った彼は、人格・識見ともに、最も神に近い人間のひとりに違いなかった。

そんな大先生が、向井権左ェ門・元刑事を私設代理人に重用したのは、べつに肝胆相照らす仲であったからではない。実はあられもなくキンタマを握られていたからであった。

ここでいう「キンタマ」とはもちろん、「睾丸」のことではない。如何ともしがたい男のウィーク・ポイント、というほどの意味である。

向井刑事に他意はなかった。容疑者の張り込み中、全く偶然に先生の妾宅を発見してしまったのである。娘より若い妾は、かつて裁判官として奉職中に、先生が手がけた裁判の被告人であった。しかもその事件は向井刑事の捜査にかかるものでもあった。

マンションのゴミ捨て場で、朝っぱらから張り込んでいたら、なんと黒い法服ならぬ黒いゴミ袋をぶら下げて、先生が現われたのである。お互いの驚きようといったらただごとではない。二人は「ウワッ！」と叫んだなり立ちすくみ、収集車にクラクションを鳴らされるまで呆然自失していたものであった。

以来、老先生はキンタマの一個を若い妾に摑まれ、残る一個を向井権左ェ門に摑まれるハメになった。

「キャッスル・メンバーズクラブ」の白亜のビルを、向井権左ェ門が自由勝手に使うことができるウラには、こうした長く、深い事情があった。

「ま、そういうわけで、ここはおめえらの城だ」

サンルームのデッキチェアの上で、ブランデーグラスを温めながら、向井は言った。

「早え話が、向こう十年、貸し切りってわけですか」

動かぬ自転車をセッセと漕ぎながら、ピスケンが言った。

「あわてることァ何もねえ。とりあえず体力をつけるこった」

「しかし旦那。十三年分の筋肉を取り戻すってのァ、並大抵のこっちゃありやせんぜ。その点あの野郎は二十年もこれを商売にしてたってんだ。全くノンキな人生だよな。オイ、軍曹。たいげえにしねえと脳ミソまで筋肉になっちまうぞ」

軍曹は腰にバスタオルを巻いたまま、黙々とアスレチックマシンの上で腹筋運動をくり返している。

「九百四十二、九百四十三……」

「バケモノか、おまえ」

ベルトの上をひた走りながら、広橋秀彦は笑っている。

「こういうのをね、健康病っていうんだそうです。運動していないと禁断症状が起きて暴れ出すらしい。生理学的にも証明されているんですよ。ねえ軍曹」

「そんなこと病人に聞く奴があるか。九百五十六、九百五十七……」

「しかしそれにしても、腹筋を千回やるっていうのは、体も並じゃないが頭も並じゃない」

「何を言うか非国民。九百六十三、九百六十四。この行為はな、価値ある死への準備なのだ。九百七十一。貴様のようなアドバルーンに肉体の尊厳を語る資格はない。九百八十」

広橋は肩をすくめてベルトから降りた。

向井権左ェ門はブランデーグラスを置くと、ふと考え深げにバスローブの襟首に手を当てた。

「まあみんな、こっちへ来いや」

軍曹が千回目の腹筋運動を終えるのを待って、向井は言った。三人は午後の日ざしの差し入る窓辺のデッキチェアに、それぞれ腰を下ろした。

「全くおめえらは不思議な奴らだ。自分がナゼここにこうしているのか聞こうとしねえ。知りたくねえのか、え？」

「フシギな奴は俺たちじゃねえよ。あんたの方だ」

汗を拭きながらピスケンが言った。

「そりゃもっともだ。だがまさか、俺が酔狂でおめえらにリハビリをさせようとしているたァ、思っちゃいめえ」

「だからどうだってんだ。勿体（もったい）つけずに早く言いやがれ。俺ァこの際、なんだってやるぜ。殺しか強盗（タタキ）か、ユスリか？」

ピスケンが捨て鉢に言うと、軍曹は顎の先が二つに割れた軍人の顔を、キリッと向井に向けた。

「そういうことなら自分は遠慮する。いずれ遠からず維新の礎（いしずえ）となる身だ。晩節（ばんせつ）をケガすような行動は慎みたい」

バスタオルで眼鏡を拭いながら、広橋は口元で笑っている。

「まあ、想像できなくもありませんが……」

向井は微笑を返した。

「ほう。さすがは元キャリアだ。俺の腹の中が読めるか」

「おおよそはね。あなたは長い刑事生活の末に何か重大なことに気づいた。ハッピー・リタイアなんて冗談にも言えないような大変なことにね」

向井の表情がわずかに歪んだ。

「重大なことか。それァ、何だ」

「さあて。少なくともあなたは自分自身の怨恨や、目先の事件だけに捉われるような人間じゃない。拘置所で殴られた時、そう思いました。そう――」、と広橋は眼鏡をかけて、窓から差し入る光に顔を向けた。

「法律では裁ききれない不条理、社会そのものの持っている不条理。そういう漠然としたものだと思いますが」

うん、と彫物の入った肩をいからせて、ピスケンは腕組みをした。

「そうだ。全く得心がいかねえ。十三年と六月と四日、まじめにツトめて出てきてみりゃあ、世間は知らんぷり――」

軍曹は巨大な拳で大理石の柱を殴った。

「誰もがわかりきっている真実を口にできない。思い余って叫んだ自分は、あろうことか狂人にされた」

広橋は肯きながら言った。

「そう。僕も同じような不条理から葬り去られた一人です。無欲捨身の正義が私欲保身の権力によって葬られる。現代の不条理とはそういうことです。法律はおのずから被害者と加害者を規定する。しかしそれが真理であるとは限らない。あなたの四十年間の結論はそれです。違いますか？」

向井はしばらく射るように広橋を見据えてから、大声で笑い出した。

「うん。たいしたもんだ。俺ァキャリアってのァバカばかりだと思っていたが、考え直さにゃならねえ。当の俺ですらうまく言えねえことを、こうもキッチリと言葉にされちゃあ是非もねえ。だが、言い足りねえことがひとつあるぞ」

広橋は肘を抱えるようにして眼鏡をずり上げた。

「わかるめえ。もっとも人間てのァ、てめえのことには気づかねえもんだ。早え話、おめえらは三人ともバカだ。ノシ付きのバカ、保証付きのバカ、鑑定書付きのバカだ。そんじょそこいらにはいねえぐれえのバカだ」

バカバカと言われて、三人は一斉に立ち上がった。

「おっと、みなまで聞きねえ――ところが少なくとも俺が若え時分には、おめえらみてえな奴をバカとは言わなかった。半世紀も時代がズレりゃ、ケンタは押しも押されもしねえ大親分。軍曹は金鵄勲章。広橋は大政治家。そうに違えねえんだ」

「俺は、バカだなんて思っちゃいねえ」

ピスケンが胸を張ると、そうだそうだと二人も同調した。

「じゃあ何か。旦那はその、社会の不条理てえ奴を、俺たちに正せってえのか。ああクセえクセえ。仕置人じゃあるめえし」

向井はきつい目を三人の顔にひとめぐりさせた。

「仕置人だと？　バカヤロウ。いいか、おめえらのバカさ加減はただものじゃねえんだ。てめえらなんぞに仕置人を気取られたんじゃあ、冥土の池波正太郎だって浮かばれねえ」

「じゃあ、どうしろってえんだ」

向井は黙って立ち上がり、バスルームに向かった。

「おい、クソジジィ。何とか言え」

ガラス戸を押し開け、溢れ出る湯気の中で向井は振り返った。

「てめえらが理不尽を我慢するこたァ、世のため人のためにならねえ。なあに、大層なことじゃねえさ。ガキの頃から夢に見たことを片っ端からやってみろ。俺ァただ、高みの見物をさせてもらう。肚・腕・頭と三ツ揃いの大悪党が、いってえどんな大立ち回りをするのか、いっぺん桟敷から見物してえと思っていたんだ。さ、顔見世はたいげえにしてくれ」

午前零時の不寝番

その夜、大河原勲・元一等陸曹は、寝つかれぬままベッドの上で悶々としていた。

すべてはこの真白い部屋が悪いのだ。空気はほど良く乾燥している。生理的な臭気は何もない。壁も天井も、純白のクロスが張りめぐらされていて、シミや汚れがひとつもない。外部の物音は完全に遮断されている。決定的なことは、ベッドのスプリングだ。

彼が二十年間、慣れ親しんだ自衛隊のベッドは、鋼鉄の枠にネットを張り、厚い藁マットを載せた全世界共通の様式で、たとえば核戦争が起こってもそのベッドだけは廃墟に残るだろうと思われるようなシロモノであった。

何千年にもわたって頑丈さと耐久性を希求した結果、軍隊のベッドはそういう形に完成したのである。心地よい眠りについての配慮なんて、全然なかった。それは同様の思想によって完成された軍用車「ジープ」の乗り心地と、どこか似ていた。

スチールネットと藁マットでできているということは、当然、使用者の体の輪郭に沿って、粘土細工の木型のように凹んでいる。ほとんどハンモックに寝るような具合に、体は沈む。従って、軍曹にとってシャバのベッドの平坦さときたら、球体の頂きに寝るように落ち着かないのである。何度か外泊したキャバレー・トロピカルのアケミの部屋のベッドからも、一晩に三度は転げ落ちたものであった。

時計は午前零時を指している。軍曹は焦った。午後十時の消灯ラッパとともに、即死的に眠ることが長い習慣となっている彼にとって、午前零時は非常の時間であった。

この先、自分を待ち受けている不確かな未来や、次々と現われた男たちのことを考えれば、いよいよ目は冴えた。

おそろしく単調な生活を続けてきた彼は、栄養の摂取と規則的な睡眠をことさら信仰していた。このまま満足な睡眠がとれなければ、必ずや明日のコンディションに支障をきたすであろう。そう思うと、胸の上に組んだ掌に、安全ピンを外した手榴弾が握られているような気持になった。

誠に信じがたいことだが、軍曹はかつて寝返りを打ったことがなかった。もちろんそれは軍隊式ベッドの完成された様式と関係がある。体圧に沿って腰の部分が大きく凹んでいるベッドでは、寝返りを打つことができなかったのである。横に向けば体操でいう側屈の状態になり、うつ伏せはサバ折りになった。

多くの隊員たちは、マットの下に木の板を敷くことによって、そうした不都合を解消していたが、朴(ぼく)にして訥(とつ)なる大河原一曹は、そんな生活の知恵でさえ服務規定に反するとして実行しなかった。結果、彼は寝返りという人間の習性を忘れ、毎夜直立不動の姿勢で眠ることになったのである。

軍曹は突然ガバとはね起きた。妙案であった。何も無理に眠ることはないのだ。不寝番(ふしんばん)に立ったと思えば良いではないか。

彼は鏡に向かって姿勢を正し、ひとりごちた。

「不寝番第三直・大河原一曹。以上の点について異常なく申し受け、上番します。敬礼、直れ」

非常用の懐中電灯を手にして、彼は廊下に出た。

(ガキのころから夢に見ていたこと、か……)

長い廊下を歩きながら、軍曹は考えた。

自分は自他ともに認める最優秀の隊員であった。「おまえは自衛官になるために生まれてきたような奴だ」、とみんなが言った。しかし、それは違う。

部下たちの手前、「国防の志に燃えて志願した」ことになってはいたが、本当は家出同然に上京し、上野駅でブラブラしていたら地方連絡部の募集員に捉まったのだ。

奴らの手口ときたら、全くセールスマンそこのけである。鉄砲も撃てる、戦車にも乗れる。飯は食い放題で、いろいろな免許や資格も取れる。おまけに肩書きは「特別職国家公務員」で、社会的地位も立派なもの。二年たって満期除隊すれば一流企業からの引く手あまたで――そんなことを十八歳の少年が聞いたら、ひとたまりもない。ことに父親の武勇伝を聞いて育ち、ゼロ戦や戦艦大和のプラモデルに熱中し、コンバットのサンダース軍曹にあこがれた団塊の世代は。

しかし、すべては幻想であった。自衛隊が名実ともに「勲なき軍隊」であることを、軍曹はすぐに思い知らされた。やめよう、と思った時、彼は卑屈なこのどうしようもない奇型の軍隊を、自分が愛し始めていることを知ったのである。彼は顔に似合わずヒューマニストであった。子供のころも、庄屋の妾の子にはことさら優しかった。優しすぎて童貞を捧げた。また外出の時、傷痍軍人を見ると、威儀を正して最敬礼をし有金そっくり手渡して、その失われた腕や足をさすりながら、男泣きに泣いた。

そんな彼が自衛官としてのアイデンティティーを主張する方法はひとつしかなかった。彼は自らを律し、自らを鍛え、強靭な肉体の城郭の中に立てこもったのである。

仲間たちはそんな彼を、時代錯誤の帝国軍人だと言って笑った。そして笑いながら畏怖した。

彼の撃つ六二式軽機関銃は対抗部隊の一個小隊を沈黙させ、ひとたび斥候に出れば重装備を背負って戦車よりも早く、道なき山川を跋渉した。彼は文字通り、一騎当千の兵であった。

そうした強固な精神と肉体を獲得した時、彼はひそかに矜りを抱いた。妾の子が生涯持つことのできぬ血族の矜りを持ったのである。彼の信じたとおり、鋼のような肉体だけは幻想ではなかった――。

この機会にビルを探査しておこう、と軍曹は考えた。

エレベーターを二階で降りる。軍曹は懐中電灯を頼りに廊下を歩き、両側の扉をひとつひとつ開いていった。

どの部屋も近代的な事務機器を備えたオフィスであった。室内は明日からでもそのまま機能し始めそうに整然としている。それはかえってこの会員制クラブの突然の破滅（カタストロフ）を物語るようであった。

オフィスといえば、謄写版やカーボン紙や湿式コピー機が未だに活躍している連隊の事務室しか知らない軍曹は、立ち並ぶ最新鋭のＯＡ機器にすっかり圧倒された。そしてそのオフィスが、何ら生産性のない、社会的必然性もない事業のために機能していたのだと考えた時、自分の人生にひどい徒労を覚えた。

廊下の突き当たりに、厚いローズウッドの扉があった。ノブを押し開けて、軍曹は息を呑んだ。そこは小劇場を思わせる広い部屋であった。高い天井には半分ほど明かりが灯（とも）っていた。

半円型に全体が緩（ゆる）い傾斜を持った正面には、大画面のモニタービジョンが設置されていた。座席の前半分にはさまざまの機械が据えてあり、細い通路をはさんだ後ろ半分の座席は、ちょうど画面に向いた観客席のように、革張りの回転椅子が並んでいた。

（なんだ、これは……）

突然、モニタービジョンが光ったと思うと、機械類がランプを点滅させて一斉に動き始めた。最前列の座席に人影が動いた。

「タレかっ！」

軍曹は身構えた。

「僕ですよ、軍曹。いやあ驚いた、こいつはすごい」

広橋は背を丸めて、操作盤のキーをせわしなく叩いている。大画面にぼんやりと映像が浮かび上がった。

「どうやらこの部屋は、ビルを容易に処分できない理由のひとつですね」

軍曹は緩やかな勾配の通路を下って、広橋の隣に座った。

「いったい、何だ。これは」

「はあ。少し拡大してみましょう」

広橋が慣れた手つきでキーを叩くと、画面は急に明るんだ。

「ああ、中東ですね。油田が燃えている」

「ナ、ナニ。中東！」

「宇宙衛星から送られて来る画像です。これで世界中の様子がすべてわかる。気象状況、自然破壊の有様、作物の生育状態、そして軍事施設や軍隊の動きも。こんな機能まで備えているということは……」

と、広橋は左右の操作盤を眺め渡した。

「バケモノですよ、これは」

「キサマ、こんな機械をいじくれるのか。おい、やめとけ。壊したら大変だぞ」

「大丈夫。専門家じゃありませんが、パソコンが唯一の道楽だった。こりゃいい、向こう十年とじこめられても退屈しません」

広橋は椅子を回転させて、ぐるりと室内を見渡した。

「おそらく、会員たちに情報提供するつもりだったんでしょう。あの観客席に座れたら、一千万円は安すぎる」

「そんなものか」

「ええ。気象や作物や戦争がわかれば、相場が読めますからね。そのことひとつにしたって、一千万の会員権は安すぎます」

「じゃあ、ナゼつぶれたんだ」

「さあ——宝の持ち腐れでしょう。第一、これだけの機械を使いこなせるスタッフを集めることは機械を買うより難しい。いや、それ以前に、誰もこいつの有難味をわかっていなかったんじゃないかな。究極のバブルですね」

「キサマ、これを使いこなせるか」

「少し時間をもらえれば、ある程度は。しかし債権者も裁判所も、これには恐れ入ったのでしょう。処分もできない、利用もできない。いっそ防衛庁にでも売れば良かったのに」

「そんなことできるものか。あいつらは世論とマスコミを仮想敵にしているんだ。民間の債権がらみなんて、聞いただけで逃げ出すさ」

広橋は機械を停止させた。

「行きましょうか。いずれ何かの役に立ちます」

照明を消して、二人は部屋を出た。

「キサマも眠れなかったようだな」

懐中電灯で階段を捜しながら軍曹は言った。

「拘置所のせんべい蒲団にすっかり慣れてしまってね。それと、何だか子供みたいにドキドキして。新婚初夜の方がまだマシだった」

つまらぬ冗談を言って、新婚初夜という言葉のおぞましい舌ざわりに、広橋は鳥肌が立った。軍曹は蔑(さげす)んだ目を広橋に向け、「フン」と鼻で笑った。

エレベーターの脇の鉄扉を開けると、階段室であった。靴音が闇の中にこだました。

た。

「べつに答える理由はないでしょう。そういうあなたは？」

二人は肩をぶつけ合って階段を昇り、踊り場で互いの顔を照らし合いながら同時に言った。

「僕の前で女の話はやめろ」

「俺の前で女の話はするな」

しばらく睨み合った末、

「今度だけは許してやる」

と、また同時に言った。

三階の扉を押し開けると、そこは広い、豪華なラウンジであった。懐中電灯の光の中に、白いグランドピアノや、高級な洋酒のぎっしりと並んだバーカウンターや、ビリヤード台やダーツの的が次々と浮かび上がった。

「全く、なんて贅沢だ。ここが社交場というわけか」

「こんな物まで見ると、何だかツブれた奴も金を取られた奴らも、気の毒だとは思えませんね」

二人は懐中電灯を交錯させながらラウンジを横切り、整然ととりかたづけられた配膳室を覗き、厨房に入った。白いタイルが非常灯に染まっている。壁面には収納庫のステンレスの扉がいくつも並んでいた。

「腹が減ったな、何か食料はないか」

軍曹は扉のひとつを開けた。冷気が溢れ出し、室内の灯りがついた。そこは巨大な冷凍庫であった。天井から吊り下がった肉塊を叩きながら、軍曹は大声で笑った。

「これはいい。自衛隊の糧食班にだってこんな施設はないぞ」

冷凍庫の敷居に足をかけて、夥しい食糧の山を見渡しながら、広橋は呆れ果てていた。

「このビルはまるで、夢の砦ですね。子供のころ、夢に見た要塞だ」

二人は凍ったソーセージをしゃぶりながら厨房を出た。

「ガキのころから夢に見ていたことが、なんだかできそうな気がしてきたな。なあ、そうは思わんか」

軍曹はしなやかな革を張ったソファの背に腰を預け、懐中電灯をゆっくりと闇に巡らせながら言った。

広橋はふと喉の渇きを感じて、カウンターに並んだミネラル・ウォーターの瓶を取った。軍曹はそれを横から取り上げると、頑丈な前歯で造作もなく栓を抜いた。

「俺は他に何の取柄もないが、少しはキサマらの役に立つかも知れん」

ミネラル・ウォーターを一口飲み、広橋の手に渡すと、軍曹はそう言って笑った。

実は口にこそしなかったが、広橋もそっくり同じことを言おうとしていたのであった。黙って瓶を受け取り、清浄な水を渇いた喉に流し込んだ。心を覆っていた膜が、また一枚、洗い流されたように思えた。

——もしこの世に神が実在するのなら、それはあの向井権左ェ門のことだろう、と広橋は思った。妙な神ではある。しかしたぶん、世界を造りたもうた造物主も、同じくらい酔狂であったに違いない。神は決して運命を作りはしない。人間同士をめぐり合わせるだけだ。そして神の意志によって提示されたチャンスを実現し、あるいは反古(ほご)にし、または罠に嵌(は)まったり、上手にまたいだりするのは、人間たちの努力と判断にかかっている。無責任な配偶のほかに何ひとつ神が加担しないことを、広橋秀彦は良く知っていた。

空中回廊

ピスケンが目覚めたのは真夜中である。

悪い夢を見た。出口のない路地を逃げ、とうとうコンクリート壁で囲まれた袋小路に追いつめられた。「いたぞ!」と、追手が叫び、大勢の足音が闇の中を追ってきた。ピスケンは拳銃を構え、引金を引いた。弾が出ない。黒光りのする銃口が自分を取り囲み一斉に火を噴いた時、ピスケンは声を上げて目覚めた。

夢か、とホッと胸をなで下ろして灯りをつけると、サイドテーブルに三丁の拳銃が並べてあった。ピスケンはもういっぺん悲鳴をあげた。

目覚めればまた夢、という悪夢のワンパターンに恐れ入ったピスケンは、思い切り自分の頬にビンタをくれた。いてえ。

拳銃はまだテーブルに置かれている。ブルッと怖気(おぞけ)をふるいながら、続けて力まかせに頬を叩いた。いてえ。

顔を押さえてベッドにうつ伏せたピスケンは、おそるおそる目を開けた。三丁の拳銃はまだ消えようとはしない。ビンタぐらいでは覚めないのだと知ったピスケンは、窮余(きゅうよ)の策を思いついた。パンツの腰に手を差し入れて、痔を摑んだのである。

「痔を摑む」という表現のリアリズムは、相当の大痔主でなければわかりはすまい。十三年と六月と四日、十分な治療も受けないまま肥大化した彼のイボ痔は、すでに彼の手や足と同じひとつの属性であった。それは肛門の右半分をゴルフボール大に占領した、いわば「第三のケツ」というべきものであった。近ごろではクソだって斜めに出るのであった。

そうした外装(ハードウエア)上に限って言えば、痔は愛すべき属性であった。しかし呪わしいことに、それは小豆ほどの堅い芯を持っていた。痔核は極めてナーバスな神経のかたまりであった。ティッシュで軽く触れるだけでも、全身が痺れた。いてえ、なんてものではなかった。

ピスケンは意を決し、右手の指で力まかせに痔を摑むと、左手で天を摑んだ。まるでプラトーンのスチール写真のように、顎を上げて膝立ち、しばらく静止したのちベッドから転げ落ちた。

息を荒らげながら身を起こすと、三丁の拳銃は彼をあざ笑うかのように、サイドテーブルに置かれていた。

「夢じゃねえのか……」

どれも大型の自動拳銃である。椅子の上には四五口径弾のパッケージが無造作に積まれていた。

ピスケンは一丁を手に取るとスライドを引き、撃鉄を落とした。忘れていた不吉な感触が、ありありと蘇った。得体の知れぬ感動がピスケンを押し包んだ。

感動を確かめるように同じ動作をいくども繰り返し、やがて彼は弾倉を外すと実弾を装塡した。革コートを肩に羽織り、かつていつもそうしていたように、ベルトの背に拳銃を差し込んだ。

暗い廊下を歩きながら、夢ならばもうしばらく覚めないで欲しいと希った。もう一度だけ、あの世界が砕け散るような衝撃を、掌に感じたかった。

ピスケンはエレベーターで屋上に上った。扉を開くと、そこはガラスに囲まれたペントハウスだった。琺瑯のガーデンセットが、天井から差し入る月光に輝き、鉢から溢れ出た観葉植物が繁茂していた。

ガラスの引戸を開けて、ピスケンは屋上へ出た。宝石を撒いたような都会の夜景が目の前に豁けた。

屋上の中央には、夜空を衝くように巨大な鉄塔が聳えていた。ありかを示す赤いランプが静かに息づいている。

真夜中の風はすっかり凪いでおり、空気は宇宙のただなかにあるように張りつめていた。ピスケンは月明りとネオンの遍照の中を歩き、塔に昇った。小さな鉄の回廊に出た。周囲のビルの多くは足下にあった。遠くに抜きん出る湾岸の摩天楼のすき間に、月光をたたえた海が見えた。

錆びた鉄拳を握りしめ、ピスケンは今、自分が厭わしい過去のすべてから解き放たれようとしていることを知った。すべてを見はるかす空中回廊であった。なぜここにこうしているのか、そんなことはどうでも良かった。

ピスケンはしばらくの間、何ひとつ考えるでもなく、澄み渡った夜の大気を呼吸した。

足下で、ペントハウスのガラス戸が開いた。囁きとともに、二つの人影が屋上に現われた。扉の外で、ふと打たれたように立ち止まり、それぞれが美しい夜景に見惚(みと)れているようだった。

二人はやがて、鉄塔の上のピスケンに懐中電灯を振り向けた。

軍曹は大きな手を眉庇(まびさし)に挙げて、頭上を仰ぎ見た。

「ケンちゃん、か？」

そんなふうに呼ばれたのは、ずいぶんと久し振りのことである。

「昇ってこいよ。いい眺めだぜ」

「何が見えるんだい」

広橋が甲高い声で言った。

「何もかも見える。なんだかカキワリの裏に入(へ)えったみてえだ」

二人は展望台に昇る子供のように、早足で階段を昇ってきた。男たちは回廊に立った。

「これはいい。確かにカキワリを見るようだな」

軍曹は筋肉を軋ませながら腕組みをした。三人の男は闇に置かれた切絵細工のような四方のパノラマを、しばらくの間だまって堪能した。

広橋秀彦は二人の相棒が口にした「カキワリ」という言葉について考えていた。彼は他人の知っていることで自分が知らないことは絶対にない、と信じていたから、「カキワリ」は犯罪者たちの固有の隠語か何かだと思った。

やがて回廊をめぐりながら、それが芝居の舞台装置の「書割」のことだと気づいた時、広橋は感動で顔を被った。

自分が今まで、それこそが世界だと信じてきた物のすべては、虚しい書割なのである。ビルも街路も公園も、それにまつわるあらゆる権威も機能も、いやそこに生活する人間たちの信義や愛情、すべてが虚構であった。法律や道徳さえ、それらを裏から支えるだけの支柱に過ぎなかった。そして自分も、ピスケンも軍曹も、その書割の前にいてはならぬ突出した人物として、舞台から体よく抹殺されたのだ。

二人の相棒はそうした「書割」の世界の全容をすでに知り尽くしているに違いなかった。広橋は不明を恥じた。

ピスケンは軍曹と広橋を両脇に呼び寄せると、鉄柵の上で両手を開いた。頭上に明滅する赤い灯火の中に、一丁の拳銃が浮かび上がった。

「向井のオヤジが、こんなものをプレゼントしてくれた」

「何でまた？」、と広橋は訊ねた。

「わからねえ。ゆうべ帰りぎわに、何か持って来る物はあるかって聞きやがるから、矢でも鉄砲でも持って来やがれって言ったんだ。そしたら、本当に鉄砲が届いた」

「シャレにもならんな」、と軍曹は顔を近づけると、オッと声を上げた。

「すごい。コルト・ガバメントだぞ。ＮＡＴＯの制式拳銃ではないか！」

「なんだ、納豆屋で作ったのか」

「納豆ではない。ＮＡＴＯ、北大西洋条約機構、すなわち西側の制式拳銃だ」

「そうかい。要するにブランド品だな。俺が前に持っていたヤツは、マニラのカレー屋で作っていたんだ。一丁一万九千八百円で、日本円で払ったら実弾三十発のオマケがついた」

「これはそんな安物の改造銃ではないぞ。なにしろ一九一一年に天才ブローニングが設計して以来、八十年以上も世界中の軍隊が使用している名銃だ」

ふうん、とピスケンは肯き、安全装置をはずすと、おもむろにスライドを引いた。

「どうりで貫禄がちがうと思った」

「撃つのか？」、と広橋は訊ねた。

「それは神様がくれたんだ。使い方は簡単じゃないよ」

ピスケンは口元で笑って、広橋を見返した。

「ちげえねえ。だが使い方は知っているんじゃねえか。俺も、軍曹も、ヒデさん、あんたも」

「僕も？」

「ああ、知っているさ。こいつで人間を二人もブチ殺してきた俺が言うんだ。まちがいはねえ」

　ピスケンはコートの襟の中で真っ白な歯をむいて笑いかけると、コルト・ガバメントの銃口を夜空の高みに向けた。

「北極星でも撃ち落とすんですか、ケンさん」

「ああ、そいつも悪かねえ。俺たちのヘナちょこダマに当たって落ちるとも思えねえが」

「撃ってみなければわからんだろう」

　と、軍曹は片耳を押さえ、大声で言った。

「撃ち方用意。目標、正面の的。距離、五百。撃ッ！」

　タアン、と銃声がこだました時、広橋はそれが閉ざされた暗渠の中で撃たれたように、世界の狭さを感じた。快い火薬の匂いが、凪いだ風の中で鼻をついた。薬莢がカランカランと階段を転げていった。

　頭上に一条の光の尾を曳いて星の落ちるのを、その時三人はたしかに見た。

闇のページェント

妾宅の朝

小鳥のさえずりとともに、岩松円次（いわまつえんじ）は目覚めた。赤坂離宮（あかさかりきゅう）の豊かな木立を窓いっぱいに借りた、妾宅の朝である。

ご多分に洩れず、還暦を過ぎると寝覚めが良くなった。いったん目が覚めてから、まどろむということがない。

人生の快楽のひとつを喪ったことに違いはないのだが、実は彼の特殊な生活環境には都合が良かった。

天政連合会内二代目金丸組組長・岩松円次は、本妻の他に三人の妾を囲っている。つまり、毎日帰る家が違うわけで、四通りの異なった私生活を粗相なく使い分けるためには、まず寝覚めの良さが肝心なのである。

どんなに疲れていようと、二日酔いでモウロウとしていようと、女より先に目を覚ます。ここがどこで、隣に寝ている女が誰か、キチンと自覚しておく必要があるからだ。まちがって他の女の名を呼んでしまう、などという初歩的なミスは、かつて一度も犯したことはなかった。四人の女を幸福にするためには、四人の自分を用意しなければならない――それが彼の立派な哲学であった。

　しかし困ったことにその思想は、女に対してのみならず、誰に対しても存分に発揮されていた。平たく言えば、ご都合主義のコウモリである。世の常として、この手合いはけっこう出世する。岩松円次が今日の地位と富とを獲得するに至った背景には、そうした無節操な変わり身の早さが与っていることは言うまでもない。

　二号のしのぶには銀座のクラブを任せている。名前はしのぶだが、全然辛抱というものを知らぬ女である。名付けた親は、しのぶが生まれ落ちたその瞬間に、すでに性格を予見していたのかも知れない。ただし根性は悪いが頭は良い。

　このところの好景気で、組はすっかり企業化してしまっている。かつてのように親分とはいっても組のカネを勝手に使えなくなったので、妾を囲いながら自由に使えるカネを稼いでいるのだ。実質的には組をふたつもっているようなものだが、上半身で片方を経営し、下半身でもう片方を経営していると思えば、けっこう合理的であった。

　しのぶと岩松の関係は、お互い九割方がカネである。囲い、囲われている以上、愛情がないと言ったら嘘になるが、この二人の間に限っては愛情も経済学のうちなのである。ともにセコさにかけて甲乙つけがたい人物であるから、ある意味ではかなり安定した恋愛関係であると言えよう。

したがって、セックスはいわゆる保障行為であった。セックスが愛情を保障するケースは一般の夫婦間にも良くあるが、セックスが経済的信頼関係を保障するという例は稀だ。

つまり岩松としのぶは、毎週月曜日の夜、ベッドを軋ませながら会議をするのである。十分な信頼関係を確認するためには、会議はほぼ二時間を必要とする。先週の売上は百二十五パーセントの予算を達成したので、昨夜の会議にも三十分間のオマケがついた。

「ああそうだ。ゆうべね、お客さんにボスのこと、聞かれたわ」

しのぶはカーテンから差し入る光に瞼を押さえながら、そう言った。

「お客って、誰だ」

岩松はコーヒーを入れながら考えた。

「知らないわ、初めてのお客さん」

「カタギか？」

「さあ、だと思うけど……」

「サツじゃねえだろうな」

「警察じゃないことは確かね。税務署かしら」

湯を注ぐ岩松の手が止まった。極道とはいえ、今の彼にとって税務署は警察以上の強敵なのである。

「余分なことはしゃべらなかったろうな」

「余分なことって？」

「売上とか、客数とかだ」

「バカね、ボス。そんなこと誰に聞かれたって、しゃべるわけないじゃない」

しのぶは「ありがと」、とベッドの中でコーヒーカップを受け取り、岩松のハゲ頭に軽く接吻をした。根性は悪いがマナーは良かった。

二人はベッドの中でコーヒーを飲みながら、売掛金の効率的な回収方法について真剣に話し合った。彼らにとって儲け話は一種の前戯であった。

（この人は何てステキなケチなんだろう）

（この女は俺にとってかけがえのない守銭奴（しゅせんど）だ）

話しながらフトそんなことを考えると、口ではさかんに議論をかわしながら、手はまるで別の生き物のように、つい相手の下半身へと伸びるのであった。目を閉じて、ア行五音を口にしながらも精密な金利計算を語るしのぶを、岩松はことさら愛しく思う。

税務署に対する防御策は万全であった。帳簿はA勘定からC勘定までの三段構えである。一定数以上のボトルは酒屋の店頭から買ってくる。空ビンは粉々に割って不燃物として捨ててしまう。客数の目安になる貸オシボリなどは決して使わない。売上は毎日しのぶが持ち帰って、マンションの金庫に納める。

十分な時間をかけて朝の臨時会議を終えると、岩松はコンニャクのようになった若い妾をまたいでベランダに出た。離宮の森から漂い出る新鮮な空気を深呼吸し、体操をする。タダだと思えば空気もうまい。

大正の末年に生まれ、悪い時代を駆け抜けてきたこの世代にはとかく怪物が多い。年上の健康な男たちは戦争であらかた死んでしまったし、年下の連中は育ちざかりに食う物を食っていないのでデキが悪い。いきおい学徒動員世代の彼らは質量ともに突出している。対抗しうる世代といえば、彼らの子供たちである団塊世代の擡頭（たいとう）を待つばかりであった。

構成員一万二千人を誇る天政連合会の執行部も、およそは岩松の世代の独壇場である。彼はその中にあっても、ナンバー・3の事務局長という要職にあった。

事務局長といっても、この業界にはもともと事務処理なんて何もないから、要するに金庫番である。全国の組織から集まる夥しい上納金を管理・運用し、財テクに励む。まさに適職と言えた。

岩松円次の先代、すなわち天政連合会内金丸組初代・金丸銀蔵（ぎんぞう）は、バクチのテラを唯一のシノギとする古風な博徒であった。古風なゆえのクスブリであった。完璧な名前負けであった。

岩松円次にしても、本来二代目を相続するほどの器量ではないが、米の飯にもこと欠くクスブリ一家にあっては、彼をおいて跡目はいなかったのである。

金はない、子分もない、貫禄はもっとないというこの二代目は、金丸組の看板だけを背負って、天政連合会の末席にちんまりと座り続けていた。

そんな金丸組に、ある日トツゼン救世主が現われた。さること十三年前、世間を震撼(しんかん)させた大抗争に際して、部屋住みの若い衆のひとりがあろうことか敵の総長の命(タマ)を上げたのである。しかも生半可な手段ではない。警察の包囲網を突き破り、三トンダンプごと本家の玄関に飛び込んでダイナマイトを雨アラレと投げ、総長を女房もろともハチの巣にした。

この業界ではハデこそ美徳である。しかしハデにも限度というものがあった。敵もビビッたが味方もビビッた。そして一番ビビッたのは親分の岩松である。

もとより命令した覚えはない。たまたま一家の米ビツが底をついたので、ある晩、事務所の掃除をしていた当番の若い者に、こっそりとこう言いつけたのである。

「ケンタ、すまねえがこの拳銃(チャカ)で若い者ンに米の飯を食わしてやっちゃくれねえか。なあに俺が行けば話は早えんだが……」

もちろん岩松親分に他意はなかった。抗争中とはいっても命を狙われるような貫禄ではないし、生来争い事はケンカどころかプロレスだって嫌いなのである。この際、無用の拳銃など金回りの良い仲間に売っ払って、当座の生活費に当てよう、というだけのことであった。

しかし、頼んだ相手が悪かった。若者は昨今の業界ではほとんど天然記念物ともいえる、確信犯的極道だったのである。そんなもの映画の中にしかおるまいと、親分でさえそう思っていた単純無比かつ純情無垢なヤクザが、運悪く事務所の掃除をしていたのであった。

若者は受け取った拳銃を腹巻きに押し込むと、ゲンコツを床について親分を見上げた。

「へい。確かに承知しやした。この一件もとよりあっしの一存で先走ったまでのこと、親分や身内には関わりもございやせん。阪口健太、孝行の真似事、させていただきやす」

どうも変わった物言いをする野郎だ、と思いながら、岩松は耳元で囁いた。

「ケンタ、なるたけ高く売ってこいや」

「へい。親から貰った命でござんす。決して安売りはいたしやせん。じゃオヤジさん、あとのことは頼んます」

「ああ行ってこい。後始末なら任しておけ」

若者が路地を駆け出してから、岩松は彼のやり残した掃除の後始末をした――。

その事件を汐に、クスブリ一家がガ然、目を持ったのはもちろんである。かつて岩松をさんざコケにしていた仲間たちも、腫れ物にさわるように腰を屈め、ていねいに挨拶をするようになった。近所の肉屋のオヤジや道楽隠居を集めて細々と開帳されていた金丸組の定盆には、そうそうたる親分衆が訪れるようになった。岩松を男としたう若い者も増えた。

岩松円次が一足とびに席次を上げ、若頭に並んで床柱を背にするまでに、ものの半年とはかからなかった。かくて十三年前のひとつの誤解を発端にして、二代目金丸組組長・岩松円次はあれよあれよという間に、傘下三十数団体、直属構成員二百数十名を擁するに至ったのである。

「ところで、しのぶ」

と、岩松はベランダで振り向いた。

「俺のことを訊ねたその男ってのァ、もしや色黒で三白眼の、ちょいと文太ばりの男じゃなかったか？」

「ちがうわ。色白で牛乳ビンの底みたいなメガネをかけた、勘九郎みたいな男よ」

全然ちがう。岩松はホッと胸を撫でおろした。考え過ぎなのだ。

もちろんあのそそっかしい若者のことを忘れたわけではない。奴がいなければ今日の自分はない、ということもわかっている。しかし、時代は変わったのだ。二代目金丸組の実体は、今や「金丸産業株式会社」という立派な企業体である。過去の功労者がシャバに戻ってきたところで迎え入れる場所はどこにもない。いや、おそらく戻ってくることはないだろう。

岩松はあくびをしながら呟いた。

「十三年か。ま、それにしてもご苦労なこった」

忍び寄る影

金丸産業本社は港（みなと）区赤坂の一等地にそびえる七階建のビルである。

主な事業内容は高利専門の金融業と地上げ専門の不動産業と、手抜き専門の建築業であった。ちかぢかアダルトビデオ製作と使い捨て専門の芸能プロダクションも開業する予定ではあるが、幹部たちの個人的享楽に終始するおそれがあるので企画は棚上げになっている。

要するにカネならいくらでもあった。バブル崩壊の噂などへでもなかった。

岩松円次から業務一切を任されている福島克也（ふくしまかつや）は、数年前までは「若頭（かしら）」と呼ばれていたが、一気に正業を確立してからは「社長」になった。

メジャーをめざす彼は、その点については神経質である。たまに古手の「社員」が、

「カシラ」なんて口を滑らそうものなら、たちまち必殺の回し蹴りが飛んだ。社内で三度その言葉を口にしたら、自主的に指を詰めることが金丸産業の不文律になっていた。小指がなくなると、各人のデスクに一台ずつ配置されているコンピュータのキーが叩けなくなるので、そういった社員は配転を余儀なくされた。金融部門の債権回収係、不動産部門の交渉係、建築部門の苦情処理班と、それはそれで活躍するのであった。

福島社長は多忙である。会社がふつうでない分だけ、ふつうの社長より多忙である。たまに稼業内の会合や義理ゴトで、同世代の仲間たちに会うと、ヤクザに徹している彼らをひどくうらやましく思うことがあった。

バクチなんて実はハナから興味がない。女遊びどころかソープランドにも行けない。酒といえば接待で飲むばかりで、酔えたものではない。忙しいばかりで何の楽しみもないうえ、いざという時には体が賭かるのである。しかしそう思いながらも黙々とカタギの社長業にいそしむあたり、福島克也は根っからの律義者なのであった。

彼は物言いも風格も、青年実業家としてのそれを十分に備えていた。幸い指も十本そろっていたし、一文なしの超クスブリから劇的な飛躍をしたために、彫物を入れる機会も失っていた。高千穂商科大学卒という虚偽の学歴も、いかにもバレにくい。

しかし、実は荒川六中中退の彼が人並の教養を身につけるために払った努力は涙ぐましいものであった。

世田谷区玉川(せたがやくたまがわ)の自邸に戻ると、彼は寸暇(すんか)を惜しんで書斎にこもった。天井裏(グルニエ)からジュニア・クラウンをこっそり持ち出す。教科書類はすべて一人娘のおさがりであった。時間割も一年おくれの娘のものをそのまま活用していた。若いうちに所帯を持ち、子供を作ったことは、今になってみれば都合の良いことであった。

独学は不自由である。たとえば関係代名詞などという日本語にはない言い回しを、教科書から習得することは至難である。思い屈した時、福島克也は足音を忍ばせて娘の部屋をノックするのであった。

親には似ても似つかない娘は、名門女子中学に通っていた。シンナーは吸わずにヴァイオリンを弾いていた。バイクには乗らずに詩を書いていた。髪は染めずに、いつもポニーテールに結っており、下世話な趣味といえばリカちゃん人形の壮大なコレクションぐらいであった。人と別れる時は「さよなら」とは言わず、涼しい眼尻(まなじり)を細めて「ごきげんよう」と言うのであった。

「さやか……パパだが……」

娘はドアを開けると、廊下にひと気のないことを確かめてから、父を部屋に引き入れる。そして内緒の小遣いの分だけ、キッチリと質問に答える。文字通りの「家庭教師」であった。

夜更けに突然、女中が紅茶とケーキを持って来たりしても、父と娘の関係が暴かれることは決してなかった。

「おまえ、こんなことがわからんのか」

なんて、一言いえば良いのである。全然不自然ではない光景であった。

「パパ、こんなことがわからないの？」

子煩悩の父親に目を細めて老女中が去ってしまうと、親煩悩の娘はそう言って関係代名詞の説明を繰り返すのであった。

天才とは、努力を惜しまぬ才能のことである。金丸産業の成長とともに、福島克也はこうして経営者としての手腕と教養を身につけていった。近ごろではむしろ、親分の岩松円次以上に、彼の声望は高かった。「克兄ィあっての岩松」というのが、業界での定説になっていた。

しかし、当の福島は決して岩松をないがしろにはしなかった。彼の才腕を見込んで直系若中に引き立てようとした本家の誘いを、福島はにべもなく断った。親分の岩松が白だと言えば、黒いカラスも白いと言う、福島克也はそういう男であった。

身辺に妙な気配を感じるようになったのは、一週間ほど前からである。

稼業専用の電話回線に、ひんぱんに怪電話がかかる。福島が受話器をとると、一瞬うかがうような沈黙の後でプツリと切れる。秘書がとると、それとなく岩松会長の所在やら立ち回り先を尋ねる。まるで人の出入りを監視するように、社前の街路樹の下に不審な高級車が止まっていることもある。出先の酒場やホテルのラウンジなどで、背中にただならぬ視線を感じることもあった。

いくら正業に励んでいるとはいえ根はヤクザである。福島は再三、岩松会長に注意をうながしたが、自分の敵はこの世に税務署しかいないと思っている岩松はうっとうしそうに、

「克也、ここは関西じゃねえんだぞ。おめえは帳面の心配だけしていりゃいいんだ」

と、言うばかりであった。

これといって思い当たるフシはない。やはり自分の取り越し苦労だったかと、胸を撫で下ろした矢先のことである――。

一人娘のさやかが、犬の散歩に出たある朝、川沿いのサイクリング・ロードで見知らぬ男に声をかけられた。

「さやか、だろう？」

男は季節はずれの、古ぼけた革コートを着ていた。目つきは鋭かったが、笑顔はやさしかった。

「やあ、でかくなったな。もうメンスはきたか」

なんて下品なオジンだろうと思ったが、いきなり頭を撫でた掌の温もりは、ふしぎといやらしさを感じさせなかった。

「おじさん。ママが交通事故に遭った、なんて言うんなら、古いわよ」

「おっと、気の強(つえ)えところはおふくろ譲りか」

「誰よ、おじさん」

「おじさんか、おじさんは、さやかのおじさんだ」

「え？　おじさん」

「そうだ。おとうさんの兄貴だ」

血を分けた伯父と言えば、ナゼか縁遠い警察官の伯父しか知らない。さやかはアニメの主人公のような、満天の星をちりばめたウルウル目を見開いて、おじさんを見つめた。

「とうさん、元気か。仕事、大変そうか。かあさんのゼンソク、どうだ？」

と、たしかに肉親としか思えぬ、愛情のこもった口ぶりで訊ねる。

「おじさん、今までどこで何してたの？」

と、素朴な疑問を口にすると、

「おじさんはなァ、ずっと外国にいたんだ」

と、答える。これじゃまるで、このあいだ発売されたリカちゃん人形のパパのようだとさやかは思った。

「外国って、どこ？」

「え、あの、フチュー」

「フチュー？」

「そ、そうだ。オーストリアのフチューだ」

「というと、もしかして音楽関係？」

「そうだ、そうだ。ウィーン・フィルでギターを弾いていたのだ。カ、、ルダン、、が死んだのでクビになった」

いよいよリカちゃんのパパだと、さやかはウットリした。

家に行こうと誘うと、いや、今度ゆっくりね、と言って男は歩き出してしまった。ナゼか「無法松の一生・度胸千両入り」を口ずさんで去った。その選曲はちょっと意外だったが、父が酔っ払うと良く唄う歌なので、さして疑問には思わなかった。

（私には音楽家のおじさんがいた。今まで隠していたのは、私がそのことをカサに着て、レッスンをさぼるといけないからだ……）

明晰な少女はそう考えた。人格が妙に素直なところは、父にそっくりだった。

家に帰って音楽家の伯父に出会ったことを告げると、母はキッチンで皿を取り落とし、はね上がったとたんに収納棚の角に頭をぶつけて倒れた。父はオットマン付きリクライニングチェアの背もたれをガクッと倒し、はずみであざやかな後方宙返りを決めたと思うと、ステテコと腹巻姿のまま外に飛び出した。

いくら忠告しても改めようとしないそのスタイルを、友人や近所の人にモロに見られてはたまらないと思った娘は、ロベルタのバスローブを抱えてあわてて父の後を追った。

父は朝露に濡れた土手を裸足で駆け上がると、「アニキ！　アニキ！」と、狂ったように叫んだ。

「もういないよ。車で行っちゃったから」

崩れるように土手道にうずくまった父の背にバスローブを掛けて、娘は事情を訊ねる勇気を失った。父は両手で顔を被って泣いていたのである。

きっと誰にも言えない血族の秘密があるのだろうと、さやかは思った。そうだ、いきなり何の前ぶれもなく発売されたリカちゃんのパパにも、人には言えぬ深い事情はあったに違いない。あれを株式会社タカラの企業的モクロミと考えたのは、やはり邪推だったんだわ。さやかは父のふるえる肩に手を置いて、人形のように微笑んだ。

その朝、出社した福島克也は血相を変えて岩松を詰問した。親分に向かってそんな物言いをしたのは初めてのことであった。

「オヤジさん、あんた知ってたんじゃねえんですかい」

「あ？　何のこった」

会長室のソファで髭をあたりながら、岩松は答えた。

「この間、俺の留守にマムシの旦那が来たろう。その話だったんじゃねえですか」

「ああ、ありゃ定年の挨拶まわりだ」

「とぼけちゃ困る。健兄ィが出てきたんじゃねえのか」

「健？　ああ、阪口のことか。そんなものァ、もう関係ねえ」

「関係ねえですって？　オヤジさん、そりゃねえ。そんな言いぐさはねえでしょう」

クソ、と福島はテーブルを拳で叩いた。岩松は人払いをした。秘書が退室するのを待って、福島に老獪（ろうかい）な赧（あか）ら顔を寄せた。

「おい克也……てめえ四十近くにもなって、まだ世間の酸（す）い甘いがわからねえのか。いってえ何年、金丸の代紋で飯を食っていやがる」

「酸いの甘えのじゃねえでしょう。放免祝いのひとつもしねえで、知らんぷりたァひどすぎる」

「今さらめでたくもあるめえ。第一阪口のことを知っている者なんざ、本家の総長と田之倉の若頭と、俺とおめえ。そんなもんしか残っちゃいねえんだぞ。あれァ伝説でいいんだ」

「それじゃスジが通らねえ」

「スジだと。おい克也、それァ極道者の言うセリフだぜ」

「俺ァ、極道だ」

そう言って立ち上がる福島を、岩松は卑屈な笑いを泛べながら見上げた。

「おめえの気持はわからんでもねえ。少年院帰りの暴走族だったおめえに、下駄の上げ下げから教えてくれた兄貴だもんな。だが、今のおめえは三ン下じゃねえんだぜ」

福島はネクタイをゆるめ、イライラと部屋を歩き回った。思いのたけが言葉にならぬ、また言葉にできぬ自分がもどかしかった。

「伝説てのはよ、遠い昔のことだから値打があるんだ。ピストルのケンタってえ極道の話は、若い者にとっちゃ実物よりずっと価値がある。わかるか？」

「それじゃ兄貴は捨て駒だ」

「いいや、それがケンタの役目だったんだ。確かに奴はキッカケを作った。だが、そのキッカケをみごとにモノにしたのは、克也、おめえだ。今さらあいつを迎えるのは、決していいことじゃねえ」

福島はソファの背に回り込むと、岩松の肩越しに頭を垂れた。

「オヤジさんの言うことは、良おっくわかります。じゃせめて、この先不自由しねえだけの銭でも渡してやっちゃ貰えませんか」

「ならねえ」

と、岩松はにべもなく答えた。

「極道が一生、不自由しねえカネってのァいくらぐれえか、考えてもみろ。千や二千のはした金じゃねえぞ。俺ァまだそんなに偉かねえ」

ハッと顔を上げた福島を追い打つように、岩松は低い声で言った。

「盗っ人に追い銭を投げるようなもんだ。奴がいっぱしの器量なら、てめえのシノギはてめえで立てる。かかわるんじゃねえ」

ちがう、と福島ははっきり思った。それは岩松がただカネを出したくないからだ。そして自分の貧しい過去を思い出したくないからなのだ。否定する言葉を、福島は懸命に呑み下した。

「いいか克也。決してかかわっちゃならねえぞ。四の五の言いやがったら、始末をつけるぐれえの肚はくくれ」

「兄貴は俺にとっても恩人だ……」

福島はようやく、それだけを言った。

「ああ、知ってるわい。おめえのカカアの腹がデカくなって、おろすのおろさねえのって言ってる時、ケンタの野郎はテメエの女を叩き売ってまでおめえに所帯を持たせた。変わった奴だ」

「俺ァまちがったって、そうは言えねえ」

岩松は福島の萎えた肩に手を置いた。

「――あん時のガキ、いくつになった」

「中学三年で」

「可愛いか」

「へえ、そりゃ……」

「だったらなおさら、今の生活を大事にしねえかい。誰にも後ろ指をさされねえ社長令嬢じゃねえか」

福島克也はソファに額を預けたまま、自分が深い、暗い淵の底に沈んで行くような気持になった。岩松の声が、頭上の渦のように重く響いた。

「いずれ天政の跡目さえ取ろうてえおめえのこった。俺の言う道理がわからんでもあるめえ。いいか、克也。これからの極道に必要なものァ、不義理と非人情だぜ」

帰って来た男

たそがれの国道で車を降りると、湾岸(ベイ・エリア)の熱い風が岩松を押し包んだ。

正面ゲートからなだれ込む人の群に混ざって、灯(とも)り始めたサーチライトの中をスタンドへと歩く。異様な興奮と光の洪水が、藤色の夕空を押し上げている。

「俺ァ上に行くから、おめえらは下で遊んでいろ」

岩松はそう言って、二人の若い者に小遣いを渡した。

「会長から離れるなって、言われてますから」

ダブルスーツの前もくつろげず汗みずくになりながら、一人が言った。どこから見ても勤め帰りのサラリーマンである。

「その本人が、ガードは要(い)らねえって言ってるんだ」

岩松は若者の胸にカネを押しつけると、かわりに携帯電話を受け取った。

「福島から電話があったら、俺がちゃんとつくろっといてやる。勝手に遊んでこい」

へえ、と二人は腰を屈めた。

中央スタンドのエレベーターに向かって歩き出しながら、何気なく振り返ると、二人の若者は小走りにパドックへと向かっていた。

ふと、遠い昔にそっくり同じ場面を見たような気がした。――そうだ。ケンタと克也だ。大井競馬場がこんなシャレたナイター競馬なんかを始めるずっと前の、力いっぱいの鉄火場だったころのことだ。ノミ屋やコーチ屋やダフ屋がゴロゴロいて、イチゲンのシロウト客なんぞ、馬券を買う前に身ぐるみ剝がれたものだった。やはり同じように二人の子分を遊ばせて、帰りの車の中で一日の首尾を尋ねると、ケンタは「おやじさん、今日はいい目を見ましたんで、テラ、上げときます」、と言って手の切れそうな札束をドサリと寄こした。銭勘定にはウトいくせに、妙にバクチの強い奴だった。一方の克也は、いつもの面白くもおかしくもない顔で、「遊ばしてもらいやした」、と言った。一文も打たずに、そっくりポケットに収まったに違いなかった。セコいが妙に手堅い野郎だった――。

エレベーターを五階で降りると、岩松はゴール板前の馬主席に入った。彼はこの競馬場に六頭の競走馬を持っている。ひとかどの大馬主であった。

「よう兄弟。相変わらず威勢がいいな」

階段席の先頭で振り向いてそう言ったのは、本家の若頭を務める田之倉である。取り巻きの若い衆も立ち上がって、岩松に挨拶をした。

岩松が最上段のボックスに座ると、田之倉は笑いかけながら階段を昇ってきた。

「どうだい。下に来りゃいいじゃねえか」

「いや、大勢だと勘が鈍っていけねえ」

本当は田之倉の子分どもに小遣を切りたくないのだ。

「そうかい」、と田之倉は目で笑った。

「ところで兄弟、メインレースのタカラエンジ。今日はヤリか、ヤラズか」

田之倉はテーブルに肘を突いて、小声でそう訊ねた。

「今日はいけねえな。前走のブッちぎりですっかりコズんじまった。ロクな攻め馬もやってねえ。人気にゃなるだろうが、まるで要らねえよ」

「そうか、危なく勝負しちまうところだったぜ。くわばらくわばら」

田之倉は新聞を広げ、第九レースの三号馬を赤鉛筆で消した。うつむいた拍子に、思いがけず禿げた頭頂が岩松の目の前に現われた。田之倉は長身なので今まで気づかなかったのだ。そう思えばシャレたつもりのループタイも、ひどくジジ臭く見える。老けたな、と岩松は思った。

「そりゃそうと、克也は一緒じゃねえのか」

「あいつは競馬のケの字も知らねえ。誘ったって来やしねえさ。何でだ？」

「いや、出しなに電話があってよ。オヤジが大井に行くけど、おじさん、見かけたら一人歩きさせねえでくれろと。何のこたァねえ、ハナから一人歩きしてるじゃねえか」

「くだらねえ。克也のヤロウ、近ごろ小姑みてえになりやがって、うるせえったらありゃしねえ」

「だがよ兄弟、良くできたセガレじゃねえか。金丸組も奴がいるうちァ鉄板だ。オヤジがこうして毎晩打ったって、ビクともすめえよ」

「さてな。もうこっちにそうそう張り込むほどの度胸がねえ」

田之倉は新聞を畳み、スッと上目づかいに睨むと、テーブルを回って岩松の隣に腰を下ろした。

「いつか聞こうと思ってたんだが。孝行っていやあ、おめえもう一人、孝行なセガレがいたっけな」

「……なんだ、それァ」

岩松はいきなり八ッ口から手を入れられたようにヒヤリとした。

「しらばっくれるこたァねえだろう。うちわの話じゃねえか、え、兄弟」

「古傷に障るようなこたァ言わねえでくれ」

岩松は新聞を広げ、椅子を回して田之倉に背を向けた。

「まあ聞きねえ。実は昨日、総長の見舞に行ったんだ。相変わらず来たのが俺だかおめえだか、他の誰だかもわからねえボケようだったが、どういうわけかフイに真顔になって、気になることを言いやがった」

岩松はゆっくりと、顔だけで振り向いた。

「何だ、ケンタのことか……」

「ああ、それだ。岩松のところの阪口が出て来たって。放免は盛大にやってやれ、金丸組にゃ福島っていい跡目がいるから、阪口は本家の直参に直るが良かろう、ワシにとっちゃ最後の盃かも知れん、と、こうだ」

「な、何でえ、そりゃ。オヤジさん正気になっちまったか」

「いや、そうでもねえんだ。相変わらず洗面器を冠って見送りに出て来たからな。ほれ、半分あの世に行っちまってるせいか、どうも近ごろ占い師みてえなこと言うだろう。美空ひばりが死んじまうぞとか、アラブで戦争が起きるぞとか、妙に当たるじゃねえか。で、俺も気になってよ、ちょいと兄弟に聞いてみようと思っていたんだ」

「ふん、おめえが気にすることじゃなかろう。それとも何か、阪口みてえな若い者が金丸に戻るのが怖えのか、え、兄弟」

「そうじゃねえ。何で俺が兄弟を怖がらなきゃならないの。そんなんじゃねえって」

田之倉は言いながら喧しく笑った。高笑いが尻切れになると、真顔を岩松の耳元に寄せた。

「ただよ、おめえがそのことについて、一言も言わねえのが、気になるっていやあ、気になる」

「せんにも言ったじゃねえか。俺ァ天政の跡目なんざ、夢にも考えていねえって。そりゃゼニはあるぜ。だが、おめえはオヤジの決めた若頭じゃねえか。一万人の大所帯を仕切るのァ、おめえしかいねえ。で、いずれ俺が退いて福島が金丸の三代目を継いだら、その時ァあいつを本家の若頭に据えてくれ。それで丸く収まろうが」

「兄弟、本当にそれでいいんだな」

「くどいぜ、何べん同じことを言わせるんだ。それほど俺が信用できねえか」

「いや、そういうわけじゃねえが……」

「だいたい、おめえを殺って俺が天政の跡目を取ろうだなんて、いってえ誰が吹き込んでるんだ」

「そうあからさまに言われたんじゃミもフタもねえな。ま、わかった。福島の器量は俺も良く知っている。悪いようにはしねえ」

「奴をないがしろにしやがったら、そん時ァわからねえぞ」

「おいおい、サブいこと言うなよ、兄弟。安心していてくれ」

田之倉は笑いながら立ち上がると、岩松を下見所（パドック）に誘った。


五階のベランダからひととおり馬を見た田之倉若頭は、ふと尿意を催して、一人で四階に下りた。四階は階段席の裏にあたる。傾斜した天井の脇に、食堂とトイレだけがひっそりと並んでいた。

パドックのオレンジ色の灯りが、タイルを染めている。少し猫背の長身を身ぶるいさせて小用を足している田之倉の背後で、音もなくドアが開いた。黒い影が田之倉の影に寄り添った。

「田之倉のおじさん……」

いきなりそう呼ばれて、田之倉の小便は止まった。とっさに声の主が誰であるか、田之倉にはわかったのである。

「ごぶさたしておりやす……」

田之倉は怖る怖る振り返ると、出口のドアに向かって後ずさった。季節はずれの革コートを羽織った男は、ポケットに両手を入れたまま、ゆっくりと間合いを詰めてきた。

「おじさん、何をそうあわててらっしゃるんで？」

「阪口、おめえ、いってえ何をしようってんだ」

「何もしやせん。ちょいと内馬場のビアガーデンまで付き合っていただきてえんで。積もる話もありやすし」

振り向いて駆け出そうとする田之倉の前に、二人の男が立ちはだかった。たちまち両脇を捉(つか)まれ、硬い銃口があてがわれた。

「おい、阪口。そうだ、おめえを探していたんだ。放免祝いもしなきゃならねえ。本家のオヤジがおめえを直参に引き立てると、盃をくれるとよ」

「総長は具合が悪いと聞いておりやすが」

「あ、ああ。だが夢うつつにもおめえのことを気にかけていなさるんだ」

ピスケンはふとうつむき、それからゆっくりと蛍光灯を見上げた。

「そうですかい。ボケちまった総長だけが、わかってらしたんですねえ」

「しかし岩松もひでえ奴だ。務めを終えたばかりのおめえに、もういっぺんヤマを踏めってか」

「おじさん、そいつァ考え過ぎだ」、とピスケンは田之倉をドアの外に押し出した。

「なにもおじさんをどうこうしようてえことじゃありません。ご安心なすって」

「もうどうこうしているじゃねえか。これが安心してられっか。お、おい、いってえ何者だ。おめえらは」

　と、田之倉は両腕を抱える二人の男を交互に睨んだ。

「元・自衛官です。お静かに」

　右の耳に唇を寄せて、大男が囁いた。

「元・大蔵省です。わかりますね」

　左の耳に、小男が口を寄せた。

「わかるわけねえだろう。おい、おめえら俺を誰だか知ってるのか。え？　何を隠そう、天政連合の田之倉だぞ！」

「隠すなら、前を隠しなさい」

　小男が収い忘れた股間を見ながら言った。チャックを上げながら田之倉は大男を睨んだ。

「あとでどうなるか、わかってるのか」

「ぜんぜんわからん。お静かに」

　銃口はさらに脇腹ふかく押し込まれた。

　三人の男に両脇と背を囲まれて階段を下りて行く田之倉は、誰が見ても酔い潰れた老人だった。夏の夕刻のナイター競馬の風景としては、べつだん疑わしいものではない。

投票締切二分前を告げる赤ランプが点滅を始めると、満員の場内はにわかにあわただしくなった。

馬場内広場に通じる地下道の入口で、ピスケンは田之倉を見送った。

「おじさん、そういうわけで済まねえが、ちょいと涼んでいておくんない。笑ってさえいてくれりゃあ、何もしやせん」

「笑え」、と軍曹が呟くと、田之倉は唇を歪めてへらへらと笑った。

「それで良うござんす。口が三秒間、閉じたら、腹の中の空気を抜かしてもらいやす」

軍曹は田之倉の肩を押した。二人を地下道の入口で見送ると、ピスケンと広橋はスタンドの雑踏へと引き返した。

「ありゃ、兄弟、どこへ消えたと思ったら、内馬場でいい機嫌じゃねえかい」

双眼鏡を覗きながら、岩松円次は親分を探しあぐねている田之倉組の若い者にそう言って教えた。子分たちは一斉に内馬場に目を向けた。

内馬場のビアガーデンには色とりどりのパラソルが並んでいる。巨大なターフビジョンの前の、琺瑯(ほうろう)のガーデンセットに座って、田之倉若頭は見知らぬ男と笑い合いながらジョッキを傾けていた。スタンドのサーチライトを受けて、そこはまるでステージのように明るい。

「あれ本当だ。金丸のおじさん、連れの人、ご存知ですか？」

双眼鏡から目を離して、若者が振り向いた。

「さあて、知らねえ顔だな。そっちの身内じゃねえのか？」

子分たちは双眼鏡を回し合いながら、それぞれが首をかしげた。

「それにしても兄弟、ずいぶん楽しそうじゃねえか。よっぽど懐かしい奴に会ったと見える」

「ちょっくら、見てきますわ」

階段を昇りかけた年長の子分は、ギョッと岩松の背後に目を止めた。

「その必要はねえ――」

岩松の両脇に、二人の男がピッタリと身を寄せた。

「なんだ、てめえらは」

若者たちは椅子をゆるがして立ち上がった。ピスケンは吸いさしのタバコを、若者の胸に投げた。

「オヤジさん。俺に向かってテメエたぁ、こいつらちょっと行儀が悪かねえですか」

テーブルの下で銃口を突きつけられたまま、岩松は手にした新聞を揉みしだいた。

「ケ、ケンタ……」、と岩松が呻くように名を呼ぶと、若者たちはハッと後ずさった。

「阪口の兄貴……」

「ピスケンだ……」

口々に呟きながら、彼らは親分にもそうまではすまいと思われるほど、とっさに姿勢を正した。

「おお、話だけァ知ってるのか。おめえら金丸組の若え衆か？」

「いや、田之倉の若い者だ」

青ざめた唇だけで岩松は言った。

「そうですか。よう、オジキは俺の相棒とあそこで一杯やってる。気ィ回すこたァねえよ。それよりオヤジさん――」

とピスケンは岩松の肩口に顔を寄せた。

「飛ぶ鳥も落とす金丸の二代目ともあろうお方が、若い者も連れずに鉄火場へ出入りするたァ、あんまり無神経じゃねえですかい。克也はいってえ何を考えていやがるんです。ちょいと電話して、どやしつけてやりやしょうか」

ピスケンが肩を押すと、岩松はテーブルに置かれた携帯電話機を摑んだ。

「立つこたァねえ、電話ならここでしようや」

「へえ」、とピスケンは電話機を手に取った。

「何ですか、これァ」

「あ、ああ。これァ無線電話機だ。知らねえのか」

「知らねえも何も、俺の時計は十三年前で止まったままなんで。へえ、そりゃ便利なものですね。じゃあ物は試しだ、ひとつ克也を呼び出しておくんなさい」

「呼んで、どうするつもりだ」

「どうもしやせん。あのハナタレがどれほどの器量になったか、拝ませて貰えやす。さあ」

岩松円次はふるえる指で電話機のボタンを押した。

消えた札束

福島克也が電話を取ったのは、一日の仕事を終えて帰宅しようとする矢先であった。

「あんまり熱くならねえ方がいいですよ、オヤジさん。で、いくら届けりゃいいんです？」

岩松の声はいつになく硬かった。よっぽどヤラれたんだろうと、福島は溜息をついた。

〈手許に、いくらある〉

「いくらって、そりゃ金貸しが商売なんだからカネならありますがね」

一瞬、間を置いて電話の中の岩松は絞るような小声で言った。

〈一億、届けてくれ〉

「いちおくっ！」

福島は思わず立ち上がった。

〈ねえのか？〉

「そんなもん、あるわけねえでしょう。いってえ何時だと思ってるんです？」

〈じゃあ半分〉

「は、半分たって、五千万ですぜ。五千円じゃねえんですぜ」

〈うるせえ。あるのか、ねえのか〉

「うるせえはねえでしょう。そりゃそのぐれえなら、あるにはありますが……」

〈じゃあ残りの五千万は、四谷(よつや)のしのぶに用意させておく。寄ってから来い〉

「ちょっと待ってくれ。いってえどういうことなのか、聞かせておくんなさいよ」

電話の向こうで、不穏(ふおん)な話し声が聴こえた。福島は異変を察知した。

「オヤジさん、誰かいるんですか。何かあったんですか」

岩松は答えず、受話器のそばでまた潜み声がしたと思うと、別の声が福島に語りかけた。

〈――克也か、俺だ〉

福島は懐かしい低い声を、耳の底で聴いた。

「兄貴……」

〈おお、良くわかったな。ところで克也、オヤジが豪勢に俺の放免を祝ってくれるそうだ〉

福島の胸にこみ上げてくるものがあった。受話器を持ったまま、繰り返しうなずいた。

「わかりやした兄貴。大井のどこに行けばいいんです？」

〈そうだな。おめえ、あの、コードのねえ電話機持ってるか〉

「へ？……ああ、携帯ですね」

〈それそれ。そいつを持って来いや、競馬場に着いたらこっちに電話してくれ〉

「へい。じゃあ四谷を回ってから行きます」

電話を切ってから福島は、壁にかかった岩松親分の写真を見上げた。

「オヤジさん……そうならそうと、言ってくれりゃあいいのに」

セコいが誠実な福島克也は、岩松の情に感動しながら、金庫の中の札束を鞄（かばん）に詰めた。

四谷のマンションでは、しのぶが店を抜け出したドレス姿のまま、檻の中のライオンのようにイライラと歩き回っていた。福島の姿をひとめ見るなり、たてがみをかきむしって吠えた。

「あのクソオヤジ。何を考えてんだろ、まったく。懲役行って一億もらえるんなら、あたしが行くわ」

「姐さん、ま、そう言いなさんな。オヤジの男気、ほめてやって下せえ」

「これがほめられた話かよ、このボケ。あたしも行くからね、五千万分、飲んでやる」

しのぶは札束をボストンバッグに投げ込むと、福島を廊下に押し出した。

車の助手席でも、しのぶはグズり続けた。福島はハンドルを握りながら、一言だけ女に言った。

「姐さん。兄貴に会ったらわかりやす。ゼニ金にゃ、根っから頓着しねえお人だ。そりゃ俺としちゃ受け取ってもらいてえが、ハイそうですかとフトコロに収めちまうようなゲスじゃありません」

しのぶはキョトンとした。まじまじと福島の顔を見た。

「ハハア、そこまで読んでるわけ。カッちゃん、あんたもけっこうセコいねえ」

「へえ、複雑な性格でして。祝儀は半返しが相場と考えておりやす」

「ちょっと待ってよ。カッちゃん、あんた、もしかして妙な絵図を描いてない？」

「へ？　何のことで」

「半返しをそっくりあんたが受け取ったら、結局あたしの金が出るだけじゃないの」

根性は悪いが頭の良い女であった。福島はとっさに言い繕った。

「そりゃ滅相(めっそう)もねえこって。ハハハ」

二人は大声で笑った。おかしくて笑っているわけではない。笑いながら思案しているのであった。

福島克也は刑法については極めて神経質であったが、道路交通法には無神経であった。ベンツ560は首都高速一号線上をフルスロットルで疾走した。クラクションを鳴らし続け、パッシングをし続け、おまけに運転席と助手席から「バカヤロー！」を連呼し続けながら、公道を完全に私物化した。

ふと、しのぶが重大なことに気づいたように、顔じゅうにディスプレイされた貴金属をジャラン、と鳴らしてシートからはね上がった。

「変よ。やっぱり変だわ！　あのドケチが、どうまちがったって一億の金を他人に渡すはずはないわ！」

「そりゃ姐さん、俺たちの稼業じゃ当たり前の……」

と、言いかけて、福島は口をつぐんだ。確かにその通りだ。ちっとも当たり前じゃないと、今さらのように気づいたのである。

「ボスは欲の皮だけであそこまで成り上がった人よ。完璧なケチ、芸術的なケチ、押しも押されもせぬケチ、国宝級のケチだわ……」

言いながらしのぶの目はトロリと潤むのであった。いっぺん息を呑んでから、しのぶは吠えた。

「拐われたのよ！　その阪口とかいう鉄砲玉に」

誘拐。そして一億の身代金——福島はハンドルを握ったまま、スッと気が遠くなった。

「そうよ、そうに違いないわ。拳銃でも首根っこに突きつけられていなけりゃ、あの人がビタ一文だってカネを出すはずはないもの」

「まさか、兄貴が——」

「そのまさかよ。なにせ相手は十三年の懲役よ。十三年前っていったらあんた、あたしが処女だったころよ！」

それほど的確に十三年の歳月の重みを感じさせる言葉はなかった。思わず、恥じらう処女のしのぶを想像してしまった福島の視界に、目蛍が飛んだ。

「十三年よ。誰だって、変わるわ……」

しのぶはそう呟いて、暗い窓にうつろな目を向けた。福島は猛然とアクセルを踏んだ。

「そうよ！　これは誘拐よ。ああ、どうしよう。ねえ、カッちゃん！」

「そうだ！　警察だ！」、と二人は同時に電話機に手を伸ばし、瞬間、電気に触れたように手を引っこめた。

「それだけは、やめよう」

やがて湾岸の夜空を円く染め上げて、大井競馬場の灯りが行手に現われた。

駐車場に車を入れると、福島としのぶは札束の詰まった鞄をひとつずつ抱え、足早に北ゲートをくぐった。

場内は色も綾やかな光の渦であった。木々には豆電球が点滅し、金網や建物の屋根はネオン管でトリミングされている。重く湿った空気が水底の藻のようにまとわりつき、二人はたちまち汗にまみれた。華やかなデキシーランドジャズが人混みにこだましていた。

パドックとスタンドに挟まれた広場に立ち止まり、福島は携帯電話機のボタンを急わしなく押した。コールする間もなく、ピスケンの声が耳に躍り込んだ。

〈早かったな、克也――〉

声は近い。

「どこだ兄貴。どこにいるんだ」

〈何を泡食ってやがる。おや、誰だその女は〉

福島はギョッとして周囲を見渡した。目まぐるしく行き交う群衆のただなかであった。

〈ああ、四谷の姐さんか。女っぷりが見えねえな。もうちょいと歩いて、築山の下まで来な。そうだ、クリスマスツリーみてえな木の下だ〉

二人は目配りをしながら築山の脇に立った。

「スタンドのどこかにいるんだわ。こっちを見てるのよ」

ふるえながらしのぶはスタンドを見上げた。パドックを遠目に見下ろす六階建の窓やベランダは、どこも人影で埋まっている。サーチライトの日裏になって、それらは真っ黒な人だかりとしか見えなかった。

〈いい女だ。オヤジもたいしたものだな。だがよ姐さん。汗で目バリが落ちてるぜ。それじゃあせっかくの器量が台無しだ〉

二人は首をすくめてあたりを見回した。

「どこだ、どこにいるんだ」

電話機から耳を離して、福島は言った。

「ちがうわ、そんなに近くじゃない。やっぱりスタンドのどこかから見てるのよ」

「化粧までわかるものか」

「双眼鏡だわ、きっと」

福島は電話機を耳に当てた。

「兄貴、冗談もたいがいにしてくれ。金なら持ってきた」

〈冗談じゃねえよ。大マジメだ。おめえら二人だけって保証はねえからな。出て行ったとたんにパチンとはじかれたらたまらねえ。もうしばらく遊ばせてもらうぜ。いいか、克也、そのままスタンドに入れ。通り抜けて馬場に出るんだ〉

福島としのぶは早足で歩き出した。人混みを縫って、サーチライトに照らされて真昼のように明るい馬場に出た。

〈よし、もっと前へ進め。柵に沿って右に歩け。急ぐことはねえ〉

福島は眉庇を上げて、スタンドを正面から仰ぎ見た。光はまるで福島を狙い撃つようにあちこちから降り注いでいた。

〈どうしたって見えやしねえよ。さあ、歩け〉

「兄貴、見ての通り、若い者は連れちゃいねえ。出てきてくれ」

〈なんだその青いツラは。遊びだって言ってるじゃねえか。言う通りにしろ〉

ふいに軽快なリズムが場内に響いたと思うと、向う流し(バック・ストレッチ)に建てられた巨大なパネルに、美しい絵紋様が点滅を始めた。内馬場の一面に設置されたネオン管に光が駆けめぐる。スタンドから喚声が湧き起こった。光のページェントが始まったのである。

福島としのぶは、その壮大なアトラクションを見るために立ち止まった群衆をかき分けながら、ラチ沿いを第四コーナーに向かって歩いた。

「どこにいるのかしら……」

「スタンドの通路のどこかを、俺たちと平行に移動しているんだ」

一階から六階までの通路には、どこも忙しく人が往き交っていた。タバコの煙と人いきれが、サーチライトの中を夜空に向かって湧き上がっている。

「兄貴、オヤジはどこにいるんだ。何もしちゃいねえだろうな」

〈相変わらず親孝行な奴だ。オヤジはちゃんと預かっている。それと、念のためにもう一人……〉

「もう一人?」

〈内馬場を見ろや。ターフビジョンの下の赤いパラソルだ〉

福島は振り向いた。

「若頭(かしら)――」、と呟いたなり、福島は光の中に立ちすくんだ。ダートコースの向こう側のビアガーデンには、田之倉若頭が屈強な男に肩を抱き寄せられ、青ざめた笑顔を福島に向けていた。

〈わかったか克也。一万人の若え者にひもじい思いをさせたくなかったら、言う通りにするんだ〉

「兄貴、ひでえじゃねえか。親と伯父貴を楯にするなんて……」

〈ひでえのはてめえらだ。子供を鉄砲玉にして知らんぷりたァ。いいか克也、てめえも同罪だってことを忘れんな〉

福島の膝はふるえた。顎の先から滴り落ちる汗を、背広の袖で拭った。

「カネなら渡す……どうすりゃいいんだ」

〈カネか。カネはいらねえ。そんなものの有難味は、十三年の間にすっかり忘れちまったからな——〉

眼下の福島たちの歩調に合わせて指定席の通路を四号スタンドまで歩いたピスケンは、いったん携帯電話機を切ると、中央スタンドに向かって引き返した。

馬主席では広橋秀彦に寄り添われたまま、岩松が青白い顔でピスケンを待っていた。

「さて、オヤジさん。いよいよメインレースだ。予想をしてもらいやしょうか」

ピスケンはそう言って、内馬場のターフビジョンを指さした。巨大なスクリーンには、パドックを回る出走馬が映し出されている。

「三番のタカラエンジ。結構な人気になっちゃいるが、オーナーとしちゃ、どう見ます？」

「き、きょうはダメだ。ヤラズだ」

岩松円次は声をふるわせた。

「へえ。なるほど、ヤリですかい。そいつァいいことを聞かせてもらいやした」

「ちがう。馬がコズんじまって、攻め馬もロクにできねえ。ブヨブヨのカバみてえなもんだ」

画面にはちょうど、パドックを周回する三号馬が映し出された。十八キロ増という馬体重のテロップに、スタンドはどよめいた。

「なるほど、よっぽど飼い食いがいいと見える。頭はかてえ、か」

「お、おいケンタ。いってえ何をする気だ」

「何をするって、応援させてもらいやす」

「やめろ、やめてくれ。ゼニを捨てる気か」

「へえ。はじめは克也の野郎に、そこのスタンドのひさしから一億円ブンまいてもらおうと思いやしたが、それじゃあんまり芸がねえ。それに、せっかくこれだけお客さんが集まってるんだ。ひとつ不公平のねえように持って帰ってもらいやしょう」

ピスケンは唇の端で笑いながら、電話機のスイッチを入れた。

「よさねえか、ケンタ」

立ち上がりかけた岩松の肩を、広橋秀彦はそっと押しとどめた。

「まったく便利な物だよなァ——おお克也か。使いだてして済まねえが、オヤジの馬券を買ってやってくれ」

「よせ、やめろ、ケンタ」

ピスケンは背を向けて、電話機を抱え込んだ。

「オヤジさん、今日は勝負だそうだ。いいか、三番のタカラエンジ。そいつから一千万ずつ総流しをかけろ。それと三番の単勝を三千万。そうだ。つごう一億、わかったな」

「ふん、克也はバカじゃねえ。そんなマネするものか」

ピスケンは笑いながら岩松の隣に腰を下ろすと、タバコを一服、うまそうに吹かした。

「さあて、その克也がバカかバカじゃねえか、もうじきわかりまさァ」

三人はホームストレッチに設置されたオッズ板を見つめた。やがて数字が切り替わると、スタンドはどよめいた。三枠がらみの配当が突然、急激に下がったのである。

「ほらな。克也もたいして利口じゃねえ」

岩松は椅子の背にもたれて天を見上げ、呻いた。

「おいヒデさん。ちゃんと一億はいったかどうか、計算してくれねえか」

「ええ」、と気軽に答えて、広橋はテーブルの上で指を動かした。

「あれ。入ってませんねえ。ええと八九二七五票、控除率二十五パーセントとして、ちょっきり五千万しか入ってませんよ」

「なんだ。半分バカか。相変わらずハンパな野郎だなあ」

「いや、たぶん女が買ってないんでしょう」

ピスケンは肯いて、再び電話機のボタンを押した。

「おい克也、どうしたんだ、買ったか。そうか、だが姐さんは買ってねえぞ。ナニ、買ったって言ってる？　ゴウツクな女だなあ。そこで、二、三発はりとばせ。そうだ、早くしねえとオヤジとオジキが空気ぬかれちまうぞ」

電話機の中で女の悲鳴が聴こえた。

岩松円次はボンヤリと広橋の横顔を見た。

「おめえ……超能力者か」

「いえ。大蔵省ですが」

「え、そうか。さすが、てえしたもんだ……おっと、感心している場合じゃねえ」

やがてスタンドがもう一度、ドッとどよめいた。タカラエンジの単勝が一・〇倍、つまり百円もと返しにまで下がったのである。

「ケンちゃん、一億、入りましたよ」

ぶ厚いメガネを照明に輝かせながら、広橋は笑った。岩松は頭を抱えてテーブルに顔を伏せた。

「岩松のオジキ、さすがですねえ、タカラエンジの人気は」

階段席の先頭で、田之倉組の若者が振り返った。

「ああ。有難えもんだよな……ありがてえ」

「あれ、おじさん、泣いてるんですか」

「おうおう。あの馬は俺のセガレみてえなものだからな。孝行な息子だぜ……」

「いいなあ、競馬はロマンだなあ」

「クソ、何がロマンだ」、と吐き捨てるように呟いて、岩松はハンカチで涙を拭った。

おもちゃの兵隊のようなハデな衣裳を着た三人のラッパ手が、満場の喝采を浴びながら光の中に立った。ファンファーレがこだますると、スタンドは拍手とブーイングに湧き返った。

第十回大井競馬五日目第九レース、サラ五歳以上オープン馬による第三回湾岸記念競走のゲートが開いた。

スタートで一完歩ぬきん出た三号馬は、内ラチぴったりの経済コースを通って、先頭で一コーナーを回る。

「あれれ、ケンちゃん。話がちがうんじゃないの?」

双眼鏡を覗きながら広橋が言った。

「ナニ?」、と顔を上げた岩松は、立ち上がって大声で叫んだ。

「ようし、いいぞ! 正義は勝つのだ。悪は滅びるのだ! 逃げろォ、逃げまくれぇエ!」

ピスケンは椅子に腰を沈めたまま、岩松のベルトを引っぱった。

「座れよ、オヤジさん。ムリだって」

「何がムリなものか、見ろ、あの逃げ足。さすがハギノカムイオーの子だ。格が違うんだよ、格が!」

タカラエンジは他馬を十馬身もちぎって、バック・ストレッチを駆け抜ける。

「うめえな、的場は。十三年の間にずいぶん腕を上げたじゃねえか」

「な、な、格が違うだろう。ケンタ、おめえも運のねえ野郎だな。俺ァな、なにしろおめえとは相性がいいんだ。またしてもヒョータンからコマだ」

「いや」、と遠い目をしたままピスケンは言った。

「的場がうめえって言ってんだ。馬がボテボテだから、行くだけ行かせて着でも拾おうって魂胆だ。見ろ、必死じゃねえか」

「必死なもんか。まだガッチリ押さえたまんまだ」

タカラエンジは三コーナーにかかった。

「いいか見てろ、歩くぜ」

そうピスケンが言ったとたん、タカラエンジは尻尾を八の字に振ったと思うと、ふいに減速した。騎手は腰を落とし、馬の首を拳で殴るように追い始めた。馬群が殺到した。

「もう止まるぜ」

四コーナーを回ると、早くもムチが入れられた。まるで止まったように、タカラエンジ号はズルズルと後退した。スタンドは悲鳴と大喚声に揺らいだ。

「オヤジ」

ピスケンが肩をゆすっても、岩松はテーブルに顔を伏せたまま動かなかった。

「なんだ、小便もらしちまってやがる。しようがねえなあ、年寄りは」

スタンドのどよめきは次第に汐の引くように静まっていった。

「ケンタァ……悪かったよォ、堪忍してくれよォ。命だけは助けてくれよォ」

「ヒデさん、もういい」、とピスケンが言うと、広橋は岩松の体から離れ、ポケットから抜き出した手首をグルグルと回した。ピスケンは岩松の肩を抱き起こした。

「泣くなよオヤジ。何も命まで取ろうなんて思っちゃいねえ。ちょいと気晴らしをさせて貰っただけだ」

「だって、あんまりひどすぎるじゃねえか。一億っていやあ、おめえ……一億だぜ」

そう言うと、岩松は人目も憚(はばか)らずにワッと泣き伏した。

「そうだ。たかだか一億だ」

人いきれとタバコの煙が、サーチライトの中を立ち昇って行く。羽田を飛び立った夜間飛行のランプが、群青(ぐんじょう)の空を大きく旋回して遠ざかった。

「兄貴――」

呼ばれて振り返ると、汗みずくになった福島克也が立ちすくんでいた。ピスケンは福島を手招いた。肩を抱き、二、三度胸を小突いた。

「兄貴、長い間、ごくろうさんでした」

福島はうつむいたまま、ようやくそれだけを言った。

「ああ。おめえも良くこのクソオヤジの面倒を見てくれたなあ。大変だったろう」

芯の折れたように倒れかかる福島の体を、ピスケンは両腕に抱き止め、肩口に顎を乗せた。

「おめえのガキ、いい娘になったじゃねえか」

「へえ。みんな兄貴のおかげで……」

「まっつぐに育てろ。日の当たる道を、まっつぐに歩かせるんだぞ、いいな克也」

へい、へいと福島は何度も、ピスケンの肩の上で肯いた。

行くぜ、ヒデさん、とピスケンは広橋をうながした。馬主席の入口で、わけもわからず立ちすくむ若者たちを振り返り、ピスケンはとっておきの三白眼で、彼らをひとにらみににらみ倒した。

「おめえら銭儲けもけっこうだが、バクチ打ちの渡世はそれほど甘かねえぞ、わかったか」

誰がそうするともなく、若者たちは一斉に腰を屈め、へい、と大声で答えた。

「終わったようだな。疲れたろう、もう笑わなくていいぞ」

軍曹にそう言われても、三時間以上も無理に笑い続けた田之倉若頭の顔は、すぐには元に戻らなかった。笑ったような泣いたような、怒ったような、要するに苦渋に満ちた顔であった。

立ち上がりながら、軍曹の厚い胸に体を合わせて、田之倉は言った。

「おめえ、こんなことやらかして、怖かねえのか」

「怖い、だと？　マジメに生きてきた俺が、何でヤクザを怖がらねばならんのだ。意味がわからん」

軍曹は異様な音を立てて頑丈な首を回すと、実に退屈そうに、湾岸の夜空を吸いこむような大あくびをした。

陽のあたる密室

訃報(ふほう)

「そうかい、そいつァ面白えな。結局あの岩松のオヤジと、それに相乗りした金持ちどもが大損して、ちまちまと穴ばかり買っている貧乏人が山分けしちまった、てえわけだ」

エプロン姿で厨房からワゴンを押して来た向井権左ェ門は、そう言って高笑いをした。

「で、なんだ。おめえらはその馬券、いくら取ったんだ」

「俺ァ主役だから、それどころじゃねえ」

ピスケンはワイングラスを舐めながら、隣の軍曹に目を向けた。

「自分は人質の身柄を掌握しておったので、それどころではなかったぞ」

軍曹は隣の広橋に視線を送った。

「僕か。僕ァ、生まれてこのかた馬券なんて買ったことはない。買い方だって知らないよ」

湯気の立つステーキ皿を並べながら、向井は三人の顔を見較べて溜息をついた。

「て、ことは、一億のゼニを転がして、一文の得にもならねえ、ってえわけか」

しばらくの沈黙の後で、三人はハタと顔を見合わせ、同時に叫んだ。

「おまえら、バッカじゃねえか！」

口々にたがいの依存心を罵り合いながら、三人の男はさかんに食い、かつ飲んだ。

「まあいい。おめえららしいオチがついたな。さあ食え、こいつァスーパーの輸入肉たァわけが違うぞ。気の毒な畜産農家が腕によりをかけてこさえた、正真正銘の十和田牛だ。どうだ、うめえだろう」

「う、うめえ……」

ピスケンは思わず唸った。

「おお、自衛隊の肉とはゼンゼン違う。あれは通称ワラジと言った。いちど糧食班長に文句を言ったら、日頃からアゴを鍛えて白兵戦に備えるのだと、わけのわからん返事をした。自衛隊員は弾が尽きたら敵に噛みつくそうだ」

軍曹は頑丈な顎をギシギシと軋ませながらそう言った。

「しかしオヤジさんの料理の腕もたいしたものですね」

湯気で曇った眼鏡をはずして広橋が言った。向井権左ェ門は馴れた手つきで、ワゴンの上の温野菜をそれぞれの鉄皿に盛り分けた。

「四十年の十手三昧も並じゃねえが、六十年の男ヤモメも馬鹿にならねえぞ。おめえらに不自由はさせねえ」

これでもかとばかりに、向井はオーブンで焼き上げたばかりのパンを、山盛りのバスケットごとテーブルに置いた。

「すげえ、パンまで焼くのか。プロじゃねえか、まるで」

「何事も創意工夫。武士道のホマレであるな」

「男の執念を感じますね。何となくいじらしい気もするけど……」

向井権左ヱ門は食卓の三人に目を細め、真鍮の細工を施したラウンジのドアまで歩くと、配電盤を開け、スイッチを入れた。豪奢なダイニングラウンジを、シャンデリアが照らし出した。ステージのカーテンが開き、百インチスクリーンに南国のイメージビデオが映し出された。中央に置かれた白いグランドピアノが、ショパンの幻想即興曲を自動演奏しはじめた。

「ゼニカネは二の次にしても、ちっとは気が済んだろう。なあ、ケンタ」

ピスケンは肉を切り分けながらナイフをふと止め、向井に笑い返した。

「冗談言っちゃいけねえよ旦那。一億やそこいらのハシタ金で、何で俺の気が済むんだ」

「ほう――じゃ、次はどうする」

「さあてね。おいおい考えつくでしょうよ。ともかくゆんべの一件は、社会復帰のご挨拶てえところだ。奴らの腐った性根は、じっくりと叩き直してやりまさあ」

黙々と肉を噛みながら、軍曹は我が意を得たりというふうに何度も肯いた。

「そうだ。俺も必ず、奴らの腐った性根を叩き直してやるのだ」

「有難え、軍曹が手を貸してくれりゃ鬼に金棒だぜ」

「バカモノ。俺の敵はヤクザなどではない」

「え？　何だそれァ。ほんじゃ、おめえの敵ってのは誰だ」

「知れたことではないか。自衛隊に決まっている」

ピスケンはブッとワインを噴いた。

「キサマ、何がおかしい……」

軍曹はまるで大見得を切る勧進帳（かんじんちょう）の弁慶（べんけい）のような怖ろしい顔で、くわっとピスケンを睨んだ。大迫力であった。巨大な顔が視界からはみ出し、ピスケンはのけぞった。

「お、おっかねえ……頼むから笑ってくれ」

ニタと軍曹が笑うと、弁慶は暫（しばらく）のようになって、もっとおっかなかった。

「おめえなら、やりかねねえよな……」

「そうだ。俺は自衛隊を建軍の本義に立ち返らせて、そして死ぬのだ。わかるな」

「わ、わかる、わかる。全然わからんがわかったからその顔の筋肉を緩めてくれ」

軍曹はひとつ肯くと、顔面の筋肉をいっぺんに弛緩（しかん）させた。二十年間、ワラジステーキで鍛え上げた筋肉は、もはや人間のそれではなかった。たとえば戦場で弾が尽き、満身創痍(そうい)となっても、彼はその顔だけで十分に一個小隊を殲滅(せんめつ)するに違いなかった。

「おや、ところでヒデはどうした」

向井はラウンジを見渡した。いつの間にか広橋の姿はなかった。読みさしの新聞が、ソファの上に置かれていた。

「クソでもしに行ったのではないか。馴れぬステーキなど食うから、腹具合でも悪くなったのだろう」

ステーキを食いながらそう言った軍曹を、ピスケンは穏やかにたしなめた。

「おい、クソを食ってる時にステーキの話はするな。なんてきたねえ野郎だ」

向井権左ェ門は新聞を手に取った。開かれた社会面の片隅の訃報に目を留めた。

尾形良晴氏（おがた・よしはる＝元大蔵省事務次官）二十日午後十一時五十五分、心不全のため東京女子医大病院て死去。六十三歳。

告別式は二十二日午後一時から豊島区目白(としまくめじろ)のセント・ヨハネス教会で。喪主は長女美沙緒(みさお)さん。

昭和二十五年東大法卒、同年入省。主税局長、国税庁長官を経て五十九年事務次官。

退官後、持病の狭心症が悪化し、先月から入院加療中だった。葬儀委員長は東大、大蔵省ともに同期で、前大蔵大臣の山内龍造衆議院議員。

並木通りは雨であった。

広橋秀彦は歩きながら、いま自分のなすべきことについて考えた。

ビルの狭間を吹き抜ける風が、横なぐりに柳の葉を薙いで過ぎた。午休みの驟雨に見舞われた人々が、二、三人ずつひとかたまりになって軒づたいに走っていた。

自分の考えや行動が、もはや誰の生活にも影響を及ぼさぬと知った時、広橋の心に荒涼とした、果てしのない曠野が広がった。

表通りのデパートに入り、紳士用品の売場に上ると、広橋は灰色のレインコートと黒いネクタイを買った。代金を支払う時、長い間の習慣で財布から抜き出したクレジットカードを、広橋はあわてて掌に握りこんだ。カードには「オガタ・ヒデヒコ」という彼の旧姓が記されていたのであった。

「現金にします」と、広橋は女子店員に一万円札を二枚差し出した。

「包装は結構ですよ。着て行きますから」

店員は鋏で正札を切り、品物をガラスケースの上に置くと、卓上鏡を差し向けた。ネクタイを締めかえながら広橋は鏡の中の自分に、いったい何のための支度をしているのだ、と自問した。

灰色のレインコートのポケットに古いネクタイを収うと、広橋はガラスケースの片隅に飾られた、時代遅れのソフト帽を指さした。

「それを、見せて下さい」

店員は、おそらくそこに何カ月も置かれていたに違いない帽子を、ケースの上に取り出した。

「帽子を冠る人、いなくなりましたね。なんだか禁酒法時代のギャングのようだ」

「そんなことございませんわ。とても良くお似合いです」

いかにも季節はずれの、チャコールグレーのフラノ地に黒い帯を巻いた帽子であった。

「では、これを下さい。本当に似合いますか」

「ええ、とっても」

「古くさいものばかり似合うんですよ。困ったものだ」

広橋は勘定を済ませると、昔の紳士が良くそうしたように、帽子の頂きを軽くつまみ上げて会釈をした。

「どうも、ありがとう」

広橋秀彦は店員より先にそう言い、エスカレーターを下った。

かつて父と呼んだ人の死は突然だった。

雨の舗道をうつむいて歩きながら、広橋は無口で謹厳な義父そのもののバリイの靴が、自分の足元に寄り添ってきそうな気がしてならなかった。

広橋の実父は手に負えぬ飲んだくれであった。妻と子供らにさんざ苦労をかけたあげく、雪の来た用水路に嵌まって死んだ。

そういう境遇に育った少年が、東大を出て官界に入ることは異例中の異例である。広橋にとって自分の生い立ちを語ることは禁忌（きんき）であった。出張先の酒席で、居流れたままに初めて過去を語った相手は、当時主税局長の要職にあった義父である。

尾形良晴は手酌を傾けながら、黙って若い秘書官の独白を聞いていた。広橋が汐を見て話題を転じようとすると、いかめしい鷲鼻を向けて、「で、それから?」、と話の先を促すのであった。すべてを聞き終えた後で、義父はぽつりと呟いた。

「君は、要領というものを知らぬ男だね」

広橋は饒舌（じょうぜつ）を恥じた。盃を勧めながら、義父は続けた。

「僕とこうした機会を持った若い者は、みな良いことばかりを列（つら）ねるものだが、どうやら君にとっての僕はそれほど重要な人間ではないらしい。それとも、トップ入省の出世頭はよほど自信があるのかな」

「そんな。とんだ愚痴をこぼしました。恐縮です」

尾形良晴は実に嬉しそうに眉を開いた。

「ところで広橋君、今度の日曜、うちへ遊びに来んか。今の苦労話を、苦労知らずのお嬢様に聞かせてやって欲しいのだが」

信号を待ちながら、広橋はその時の義父の笑顔をありありと思い出した。雨空に向かって叫びたい衝動を抑えながら、街路樹の幹を拳で打った。葉叢（はむら）からこぼれ落ちた雨粒が、ぱらぱらと帽子のつばを叩いた。
自分のいまなすべきこと――それは祈ることだけであろうか？

団塊の宰相

線路際の高い土手には、一面にあじさいが咲き乱れていた。雨に揺れる群落は鮮やかな水彩画のように、白や薄紅や浅黄（あさぎ）をないまぜている。

柩（ひつぎ）を見送る黒い人々の列が、ガードレールに沿って長く伸びていた。その営（いとな）みがあじさいのカンバスの上でとり行われていることを、会葬者たちは誰も気づいていないのだろう。

鈍色の空に、チャペルの鐘が響いた。礼拝堂からの急な石段を、黒い柩が下って来た。線路を隔てた対岸に立って、広橋は帽子を脱ぎ、背広の胸に当てた。

「尾形さんじゃないですか？」

急停止した車の窓からいきなりそう呼びかけられ、広橋は声の主も確かめずにとっさに踵を返した。水溜まりの中を足音が駆け寄って来た。

「待って下さいよ、尾形さん」

肩を摑まれて、広橋は立ち止まった。

「ああ、草壁君――」

旧知の新聞記者であった。草壁明夫は広橋を引き戻すように腕を絡げた。

「ずっと探してたんですよ。ご郷里からご親類から、山内議員の選挙区から、しらみつぶしに探したんです。どうしても見つからないんで、さては外国にでも行ったのか、それとも手っ取り早く消されちゃったんじゃないかって噂していたんです」

「余計なことをしないでくれ。終わったことじゃないか」

広橋は憮然として草壁の手を振りほどいた。

「いや、こっちはまだ終わっちゃいないんです。もしやと思って来てみたら、案の定――」

「偶然だよ。通りすがっただけさ」

草壁明夫は白髪の目立ち始めた長髪をかき上げ、もう一度、広橋の腕を引き寄せた。

「そりゃあないでしょう尾形さん。あんまり淋しすぎやしませんか」

広橋は顔をそむけ、対岸の葬列に目をやった。〈主よ御許に近づかん〉のメロディーが、礼拝堂の扉から流れ出てきた。

「僕はもう、尾形じゃない」

「ああ、そうでしたね。じゃあ広橋さんって、昔通りに呼ばせて貰いますよ」

この男とも長い付き合いだ、と広橋は思った。新米記者として大蔵省に出入りを始めたのは、広橋の入省と同じ年である。その後長い間、地方支局を転々として、ようやく本社政治部に舞い戻ったころ、広橋はちょうどあの疑獄事件の渦中にあった。

「あなたは大蔵省（モフ）のエースでした。いずれ山内議員の後継者として派閥を率（ひき）い、総理総裁になるべき人だった。少なくとも私はそう信じていました」

草壁は豊かな髪から滴（したた）り落ちるしずくを掌で拭った。

「さすがブン屋だね。なかなかの殺し文句じゃないか」

「お世辞じゃありません。そんなものの通用する相手じゃないことは、良く知っているつもりです」

「君に話すことは何もないよ。公判で聞いた通りだ」

「今さらネタを取ろうなんて思っちゃいません。ただね、こんな結末はあんまり淋しすぎやしませんか」

「君が淋しがることじゃないだろう」

草壁は痩せた体を樹木のようにたわませて、大きな溜息をついた。

柩が霊柩車に納められると、石段の上に遺族が立った。遺影を抱いた黒衣の妻の脇に、二人の子供が行儀良く並んだ。

「淋しいのはね、あの子らの隣に父親のいないことさ」

広橋は顔を隠すように、そう言って傘を目の高さに下ろした。

階段の上に山内議員がマイクを持って立ち、遺族にかわって長い演説を始めた。二人の子供は議員の言葉を聴き取ろうとでもするように、雨に濡れたままじっとうなだれていた。

広橋は、傘をとじた。かわりに帽子の庇を目深に下げた。

「私が淋しいと思うのはね、広橋さん。あなたが有能な人材だったからじゃないんだ。あなたがやさしい男だったからです」

「やさしさなんて、無力なものだ。そんなもので何ができる」

「いや、それは違う」

草壁はきっぱりと言った。「やさしさは力です。そんなことはブン屋の私にだってわかる」

谷間を電車が通過すると、土手のあじさいは一斉に沫を立てて戦いだ。無数にひるがえる葉裏の白さが、疲れた広橋の目を射した。

「君は、ずいぶん僕のことに詳しいんだね」

草壁明夫はガードレールに両手を突いた。汚れた薄茶色の背広の背を、雨が叩いた。

「広橋さんは、私たちブン屋の人生について、考えたことはありますか？」

「いや、他人の人生を考える余裕などなかった」

土手の下を覗き込みながら、草壁は自嘲するように続けた。

「ジャーナリストとしての使命に燃えているのはせいぜい何年かのことで、そのうち自分が他人の労苦や災難をメシのタネにしていることに気づくんです。夜討ち朝駆け、年じゅう時間に追いまくられて、少し落ち着いたころには女房子供を捨てて転勤また転勤。理想なんてボロボロにすり減って、汚れた体だけが活字の中に埋もれて行く。それが私大出の、全共闘くずれの、ブン屋の人生です」

「どんな仕事だって大差はないさ」

「そうかも知れません。だが私にとっては耐え難い生活だった。学生時代の信念は持ち続けていましたから」

「反動新聞の記者としては節を曲げなかったというわけか。大したものだな。しかし君の人生と僕の人生とは無縁だ」

「いいや」、と草壁はガードレールから身を起こした。

「私はそうとは言えない。あなたは私のライフ・ワークだったから」

「ライフ・ワーク、だって？」

広橋は声を上げて笑った。草壁明夫は顔をしかめて振り返ると、膨らんだ内ポケットからスーパーマーケットの買物袋にくるんだ塊りをひきずり出して、広橋の胸に押しつけた。

包みを開けて、広橋は真顔に戻った。現われた物は、ぶ厚い三冊の手帳であった。一冊の頁(ページ)をぱらぱらと繰って、広橋はすぐにそれを元の袋にねじ込んだ。

「なんだ、これは……」

広橋は言い淀(よど)んだ。びっしりと頁を埋めた細かな文字が、呪文のように広橋の言葉を阻(はば)んだのである。

「ごらんの通り、あなたのすべてです」

「だから、どういう意味なんだ。今さら僕をゆすろうとでも言うのか」

草壁は言いようもない淋しい目を向け、奪うように包みを取り返した。

「悪意は何もありません。いつかこれを一冊の本にしたかったんです。〈団塊の宰相〉という題名でね。私はその日が来ることを信じていましたから」

「バカなことを……」

「今となってはバカなことですね」

　草壁は雨を怨むように天を仰いだ。

「私は広橋、いや尾形秀彦のことは何でも知っていた。一九五〇年十二月十日、福島県会津若松（あいづわかまつ）に生まれた。父は広橋吾市（ごいち）、母はハル、六人兄弟の五番目で少年時代の仇名は豆タンク、九歳の時に父親は自宅近くの用水路で溺死した。中学に進んでからは学業成績は抜群、シュバイツェル博士の伝記に感銘を受けて……」

「やめろ」

「将来は農政改革の推進と公共の福祉を実現する政治家になろうと決意し……」

「やめろ、やめてくれ」

「〈私の理想〉と題する懸賞作文が一席に入選して県知事から表彰され、育英会の奨学金を得て県立高校に進み……」

「やめないか」

「好物はジャガイモの味噌汁と薄皮饅頭、嫌いな物は鳥肉。それは実家の東隣にブロイラーがあったからで……」

「もういい、やめてくれ」

広橋は水溜まりに屈み込んだ。ガードレールに腰を預けて、草壁は包みの中から再び、三冊の手帳を取り出した。

「不純な目的で、他人の人生をこんなふうに諳んじることができますか。これは私の仕事だったんです」

草壁は力尽きたように肩を落とし、手帳の頁を一枚ずつ破りながら、雨の谷間に投げ捨てた。

「僕は、君にあやまらなければならないね」

屈んだまま、広橋は呟いた。

「いえ。もうそんな時期は過ぎました。法廷でこの手帳の最後の頁を書いた私の気持が、あなたにはわかりますか。あなたはあなた自身の手で、密室のカーテンを閉めてしまった。真実は永久に隠されたんです。私は敗けました」

次々にむしられる紙片が雨の谷間に舞い落ちて行くさまを、広橋は黙って見つめていた。

それは飛散した彼の人生そのものであった。

　山内龍造の演説はようやく終わった。

　チャペルの弔鐘が再び鳴り響き、それに和するように、霊柩車がクラクションを長く、哀しげに鳴らした。

　広橋は立ち上がり、帽子を脱いで彼の敬愛した義父を見送った。

「立派な方でしたが、やはり晩節を汚したというべきでしょうか」

　適切な表現だろうと思う。しかし、広橋はどうしてもそう思いたくはなかった。義父は自分があくまで理想とした日本の官僚像であり、家父長の雛形（ひながた）でなければならなかった。

「盟友の犠牲になったんだ。そう思ってくれないか」

「それで我が子を、怪物の人身御供（ひとみごくう）に差し出したというわけですか」

「日本の舵を取る人間は、山内龍造をおいて他にはいない。僕も父も、そう判断したんだ」

「それが正しい判断だったと、あなたは言い切れますか？」

　広橋は答えなかった。

　霊柩車はあじさいのカンバスの上を走り、大通りを左に折れて陸橋を渡った。教会の前には次々と高級車が横付けされ、会葬者を乗せて走り去った。多くは広橋の見知った顔であった。

階段の上で山内議員と親しげに語り合っていた男が傘をたたんだ時、広橋は息を詰め、目を瞠った。男は長身を折って大型のリムジンに乗り込んだ。

「草壁さん――」

広橋秀彦はリムジンを見送りながら言った。

「僕は、君に何かお礼をしなければならない」

一代の侠客

ピスケンは銀座千疋屋の店頭にタクシーを待たせて、立派な木箱に入ったメロンを一ダース買った。ビニール紐で六個ずつ束ねても、それが持ち運びのできる限度だと店員は呆れながら言った。

のし紙には手ずから筆を執り、「御見舞・二代目金丸組阪口健太」と、ひどい右上がりのヘタクソな字で大書した。それを十二の木箱に一枚ずつ貼り、さらにリボンを掛けて六個ごとに束ねる作業は、大店の機能をいっとき停止させた。もとより他人の迷惑は顧みないたちであった。列をなして不平をたれる客なんぞ、わびるどころかにらみ倒してしまう

のであった。ヤクザを怖れぬ中年婦人には、

「物のない時代を思い出しやすねえ」

なんて悪態をつくのであった。

代金の十二万円を支払うと、店員は怖る怖る消費税を請求した。

「ナンだ、その三千六百円てえハンパは」

「はい。消費税でございます」

「冗談はやめてくれ。なんでメロンを買うのに税金を払わにゃならねえんだ」

「ハ？　いえ、メロンだとか何とかじゃなくって、当店では外税方式を採用しておりますので……」

「話が見えねえ。ハハア、そうか、箱代とかリボン代っていうのは聞こえが悪いてえわけか。なにが税金だ、恰好つけやがって」

「ハ、ハイ。恐れ入ります」

店員は全く恐れ入りながら、一万円札を受け取った。

担ぎ込まれた一ダースのメロンには、運転手も呆れた。

「聞いてくれよ運ちゃん。千疋屋じゃ箱代のことを税金だと抜かしやがる。やだねえ、世間体を気にする商売てえのは。待たせたな、やってくれ」

運転手はバックミラーで客の顔を訝しげに窺った。

「お客さん、そりゃ箱代じゃない。消費税ですよ」

「え？　な、なんだそりゃあ」

「アレ、知らないんですか。からかっちゃ困りますね」

ピスケンはうろたえた。東京ドームを初めて見た時と同じくらいうろたえた。

「あ、そうだ。そうだった。角栄が勝手に決めたんだ。俺ァずっとヨーロッパにいたからな、昨日ハネダに着いたのだ」

バックミラーの中の運転手の目は、さらに疑わしげに光った。余分なことを言うのはよそうと、ピスケンは素直に反省した。

彼にとって十三年ぶりのシャバは異界であった。どう探しても十円玉を入れる穴が見つからぬ電話機があったり、地下鉄のホームでタバコを喫っていると、いきなり女子高生に叱られたりするのである。タバコと言えば、自動販売機でハイライトを買ったら、女の声が「ありがとうございました」と言うので、思わず「どういたしまして」と答えてしまったこともあった。

一ダースのメロンと気まずい沈黙を乗せてタクシーは走り、やがて外濠通りに面した大学病院に到着した。

メロンは重たかった。常人より指の一本足らない左手にはことさら応えた。やはり手っとり早く現ナマを包むべきであったと、ピスケンは後悔した。

エレベーターに乗ってメロンをひとまず下ろそうとしたら、折からの雨で床が濡れていた。しかも夕刻の見舞ラッシュで、各階に停止するのであった。やっと十六階に到着するころには、額から脂汗が吹き出ていた。

ドアが開いた時、そこに立っていたのは田之倉若頭であった。昨日の今日である。ピスケンも驚いたが、田之倉は魔物に会ったように、ワッと飛びのいた。

「や、こりゃカシラ。お久し振りで」

「久し振りじゃねえ。一日ぶりだ」

色めきたつ若い者を制して、田之倉はピスケンの両手に目を向けた。

「ああ、見舞か。そいつァご苦労だな。オヤジさん、今日は上機嫌だから話し相手になってやれ」

すれちがいざまに、田之倉はニタリと笑って囁いた。

「話し相手にゃ、おめえみてえなのが一番だぜ……」

ピスケンは感動した。長い廊下を歩きながら、十三年ぶりの挨拶を懸命に考えた。

病室の扉の前には屈強な若者が立っていた。

「どちらさんで？」

「阪口だ」

「サカグチ？」

「教科書に出てきただろ。金丸のピスケンだよ。あ、指がちぎれる」

ヘイと若者は両脇からメロンを受け取った。天にも昇る心地であった。コートを脱ぎ、襟元を正すと、ドアごしに総長の声がした。

「おおっ、ケンタか。良く来た、良く来たぞ」

「へい。阪口健太、帰ってめえりやした。親分がご病気とは知らず、ご挨拶の遅れましたこと……」

ドアを開け、腰を割ってそう言ったなり、ピスケンはつなぐ言葉を失った。

稀代の大親分と謳われた四代目天政連合会総長・新見源太郎には、昔年の面影はなく、骨と皮とに痩せさらばえ、ピンクのパジャマに赤いチャンチャンコを着、のみならず頭には洗面器を冠っていたのである。

「ケンタァ、良く来たぞ。さ、こっち来い。おめえは今日から俺の若衆だ。岩松なんぞの下に立つ器量じゃねえ。さ、さ、そうと決まりゃ盃だ」

総長はベッドからヒョイと飛び降り、ピスケンに歩み寄った。

「さあ、この新見の盃、受けてくれろ」

差し出されたシビンには、黄金色の液体が満ちていた。

「グッといけ、グッと」

「…………」

「どうしたケンタ。遠慮はいらねえぞ」

「親分……そいつァ小便だ」

「え？　ありゃホントだ。俺としたことが、とんでもねえ勘違いをした。小便じゃ飲めねえよな。よし、そうだ、メシ食ってけ、メシ」

「ええっ、メシ？　そ、そいつァまさか……あの、メシはいま、食ってきたばかりなんで」

ピスケンは丁重に親分をベッドに押し戻した。頭の洗面器を取り、枕を背もたれに据えて毛布を掛けると、自然に涙がこみ上げてきた。ピスケンのふるえる肩を、総長は抱き寄せた。

「すまねえなあケンタ。苦労をかけたなあ。俺がこんなんじゃなけりゃ、祝いも立派にやってやるところだが、こらえてくれよ」

ピスケンは感極まって毛布の上に泣き崩れた。

「田之倉も岩松も、道を外れたことばかりしやがって。だからまだまだ隠居するわけにァいかねえんだ……ところでケンタ、メシは食ったか。お、丁度いい、今できたところだ。まだ温ったけえぞ、看護婦が取りに来る前ェに、さ、腹いっぺえ食って行け」

毛布の底に伸びる総長の手を、ピスケンは泣きながら取り押さえた。

「親分、どうか気をつかわねえでおくんなさい。そうだ、メロン食いましょ、メロン」

若者がメロンの木箱をひとつ捧げ持って来た。ピスケンはフタをはずし、子供の頭ほどもある立派なメロンを取り出すとサイドテーブルに置いた。

「さ、親分。一緒に食いましょう」

「そうか、俺の大好物を覚えていてくれたか。だがオモタセをその場で食うんじゃ、あんまり行儀が悪かねえか」

「そんなこたァありやせん。西洋じゃプレゼントはその場で開けて食うもんでござんす」

若者がナイフを持って来た。ピスケンはメロンを切り分け、盆に載せて総長に勧めた。

「おお、これは夕張メロンだな」

「いえ、千疋屋のメロンでござんす」

「そうか、夕張の千疋屋っていったら、日本一のメロンじゃねえか」

言うが早いか総長は、盆の上の一片をほんのふた口でペロリとたいらげた。

「みごとな食いっぷりでござんすね、親分」

切り分けて盆の上に差し出されたメロンを、親分は飲み込むように次々と食った。まるでワンコメロンであった。

ふたつ目の木箱を持って来た若者がピスケンの耳元に囁いた。

「阪口の兄貴。これだけにしといておくんなさい」

「ナゼだ。病人にゃ果物が一番じゃねえか」

「いえ、実はボケの大食いってヤツで。いったん食い始めると際限がねえんです」

「そうか。じゃあこれだけにしておこう……しかし、これだけって言ったたって、メロンを二個ぺろりと食っちまうとァ、確かに尋常じゃねえ」

「病院のメシには全く手をつけねえんです。メロンと点滴で生きてるようなもんで」

「食ってくれるだけいいじゃねえか」

「しかし兄貴、物事にゃ限度ってもんがありやすぜ。本人がメロン以外の見舞はちっとも喜ばねえものだから、来る人来る人、みんなメロンを山のように持ってきやがるんで。おかげであっしら当番も三食メロン。なんたってナマモノだから他の病室や看護婦にも毎日配る始末で、隣の部屋のジジィなんか糖尿が悪化して死んじまいました」

「そうか……そいつは知らなかった。やっぱりゼニを包んだ方が良かったかな」

「ところがそのゼニが一番ヤバいんで」

「ヤバい？」

「ええ、若頭(かしら)や岩松のオジキがあぁいうタイプだから、親分はゼニについてのコンプレックスがあるんです。見舞金なんぞ喜ばねえどころか怒り出しますわ。ヤイ、俺ァきょうび駆け出しのヤクザたァわけが違うんだ、安く見るな、てな調子で暴れ出す始末です」

すでに親分を持て余している若者は、聞こえよがしにそう言った。親分は黙々とふたつ目のメロンをかじっている。

「うむ、さすが夕張の千疋屋はちがう。この気品ある甘味、それでいてサッパリとした咽(のど)ごし。まさにフルーツの王者だ」

ピスケンは食べがらの山と積まれた盆を下げると、毛布を親分の首まで引き上げた。

「少しお休みになって下せえ、親分」

「ああ。だがおめえ、帰(けえ)っちまうんだろう」

「いえ、あっしは帰りやせん。親分がお目覚めになるまで、ずっと、ここにこうしておりやす」

「そうかい、あんがとうよ。おめえはまったく孝行な奴だなァ――」

総長は引き寄せたピスケンの掌を痩せこけた頰に添えると、すぐに静かな寝息を立て始めた。ピスケンは誰に言うともなくひとりごちた。

「まるで赤ん坊じゃねえか……次郎長の生まれ変わりと言われた大親分も、こうなっちゃ終えだなァ……」

食器を片付けながら、若者が答えた。

「三年前に姐さんに先立たれやして、そのショックで……でも兄貴、厄介者てえわけじゃありやせんぜ。毎日のように政界財界のおえら方が見舞においでになりやす。もっともそこの応接セットで若頭が応待するのを、メロンをかじりながら聞いてるだけですが」

「そうかい、新見総長のご威光はまだ健在ってえわけか」

「なんたって闇の帝王と呼ばれた大親分のことですからね。名前だけだってちゃんと一人歩きしてるんでさあ。昨日は新東京製鉄の会長、三日前には商工会議所の副会頭。明日は誰が来ると思います？」

「さあな。まさか大臣でも来やがるのか」

「そう、そのマサカなんで」

ピスケンはギョッと振り向いた。

「今さっき、田之倉の若頭と行き会いませんでしたか」

「おお、会ったぞ。それがどうかしたか」

「明日、元大蔵大臣で次期総理はまちがいねえっていう、ほら何て言いましたっけ」

「田中(たなか)角栄か」

「……兄貴、そりゃ古い」

「わかった、三木武夫(みきたけお)だ」

「そりゃとうに死んじまった」

「えっ。三木武夫が死んだのか、知らなかった。ファンだったんだが……とすると、グッと新しいところで、大平正芳(おおひらまさよし)というとこだな」

「ええと、もういいです。自分で思い出しますから……そうそう、山内龍造」

「おお、あの灰色議員か。知ってるぞ、あいつはとんだクワセ者だ、俺の兄弟も奴にハメられた」

「その山内龍造が見舞に来るてえんで、若頭、一生懸命にオヤジさんに言いきかせてましたっけ。どうか洗面器だけは冠らんでくれろって。黙って寝ててくれって」

若者の話を聞きながら、ピスケンの目がふいに険しくなった。

「ふうん、そうか……そういうわけか。若頭は親分をそんなふうに扱っていなさるんだな……どうも妙だと思った」

ピスケンの光のない三白眼に、若者は二、三歩も後ずさった。

「ア、アニキ。あっしは廊下におりますんで、何かあったら呼んで下さい」

窓辺に立って、ピスケンは外濠の向こうの、雨に煙るビル街を見つめた。

今ではかつてのゴールデンバットに成り下がってしまったハイライトを何本も喫い終えたころ、血圧計を抱いた中年の看護婦が入って来た。

「さ、親分。検温しましょ。あら煙いわねえ、ちょっとあんた、タバコを喫う時は窓を開けなきゃダメじゃないの」

「あ、そいつァ気がつきませんで。考えごとをしていたもんですから」

ピスケンはそそくさとタバコを消した。

「看護婦さん、もそっと寝かしといてやっちゃ貰えませんか。今しがた寝入ったところなんで」

「ダメです。十時と四時には血圧と体温を計らなきゃいけないの。ホラ起きて、親分。おい、起きろクソジジィ」

「ク、クソジジィ……」

看護婦は寝呆けまなこの患者の腕に、乱暴に腕帯を巻きながらピスケンを睨んだ。

「なんか文句あんの、白目むいちゃって。あのね、ヤクザだかカボチャだか知らないけど、ここじゃ私が法律なんだからね！」

「カ、カボチャ……」

ピスケンはひるんだ。

「あのう、看護婦さん。つかぬことをうかがいますが、勤務は何時まででしょうか」

看護婦は手を止め、実にブキミにニタリと笑った。

「あら、おにいちゃん、クドいてるの？」

「げ……いや、それは誤解です、ハイ」

「だったらおあいにくさま。あたしは夜勤で明日の午前中めいっぱい仕事よ。人が足らないんだからね」

「ハア、それは手前どものギョーカイも同じですが……」

「また、今度ね」、と看護婦はピスケンの耳に囁いた。

開け放たれた窓から、重く湿った風が流れ込んで来た。ピスケンは小高い向こう岸に立ち並ぶビルを、長い間見つめていた。


そのころ、ベンツのリムジンのシートでブランデーを舐めながら、田之倉若頭は大きなクシャミをした。

「おっと、誰かウワサをしていやがる」

「へえ。世間はオヤジさんのウワサで持ち切りですから。総長があんなになっても、カシラの分(ぶ)をわきまえた男の中の男だと……」

　ちっともヤクザに見えぬ腹心の幹部がそう言った。田之倉はリムジンの暗い窓から、雨の街並を見るでもなく見た。若頭と呼ぶにはすっかりトウのたった白髪をかき上げ、薄い唇を歪めて笑った。

「そうだ。クセえものはみんなカンオケに詰めてフタをしちまえばいいんだ。この世の悪事を一切合財(いっせえがっせえ)のみこんで極楽往生してこそ、一代の侠客・新見源太郎もうかばれるってもんだぜ――」

暴かれた密室

　梅雨晴れの朝であった。

　六時ピッタリに起床した大河原勲・元一等陸曹は、ひとりぼっちの点呼を終えるとセミダブルのベッドマットを軽々と肩に担いで自室を出た。

　軍歌「歩兵の本領」を口ずさみながら階段を昇る。太陽を見るのは何日ぶりのことであろうか。マットが乾く間、いい汗をかこうと軍曹は思った。腹筋・背筋・腕立て伏せ、屈み跳躍、各二百回。うさぎ跳びで屋上を二十周して、そのまま鉄塔に昇る。そして号令調整と軍歌演習。それが朝メシ前の間稽古であった。

屋上のペントハウスのドアを開けて、軍曹は妙なものを発見した。ガラス張りの天井から、大小無数のテルテル坊主がぶら下がっていたのである。

軍曹には何となくその製作者がわかった。デカくて不格好な方はピスケンが作ったもので、女の子がこさえたように小ぢんまりと優しいそれは広橋のものに違いなかった。

軍曹はベッドマットを放り出して、厚い下唇を不満げに突き出した。

「遠足に行くのなら、ナゼ俺をさそってくれないのだ……」

草壁明夫はひどく近くに見える朝の陽光に顔をしかめ、汗ばんだ襟をくつろげた。

都会は長雨から甦った。家並も木立もビルディングも、光の中に撒かれた玩具のようだ。濁って見えるものは、藻の生い茂った外濠の水面だけである。

「よおし、オーケー。あとはシャッターを切るだけだ」

カメラマンはそう言うと、帽子で顎鬚を拭いながら草壁に向かって手を上げた。

「ところで、いったい何のスクープだい。あんたが記者生命を賭けた一発っていうのは」

「それが、俺にもまだわからんのだ」

「わからない？」

「そう。ただ、俺がこの世で一番信じている人間が言ったんだ。まちがいはない」

カメラマンは白いアポロキャップをあみだに冠ると、肩をすくめておどけてみせた。

「そりゃあこっちは商売だから、ギャラの分だけの写真は撮るけど。被写体がわからないっていうのは、うまくないね。あいつらは物は言わないが、生き物だからな」

カメラマンは苦笑しながら、三脚に固定された三台のカメラを指さした。一台には八〇ミリの超望遠レンズ、一台には二〇ミリ超広角がセットされている。残る一台はやはりズームを付けた小型ビデオカメラである。

「わかっているのは、君のカメラが歴史を変えるかも知れないということだけだ」

草壁が呟くと、カメラマンは言葉を返すかわりに満足げに笑った。

非常階段を一人の男が昇って来た。屋上に立つと古風なソフト帽の庇を上げ、照りつける太陽を仰ぎ見た。

「草壁さん、どうやら天は我々に味方したようだね」

歩み寄りながら広橋秀彦は言った。草壁はカメラマンを紹介した。

「腕は確かです。スポーツ写真を撮らせたら、彼の右に出る者はいません。ほら、おとついの落合と村田のクロスプレー、いい絵だったでしょう。ノーアウト満塁で、センターからの送球を追いながら撮った一枚です。神ワザですよ」

「名刺はいいよ」、と広橋はカメラマンの手を押し戻した。

「あの、ひとつだけお聞きしますが」

と、名刺を胸に収(しま)いながらカメラマンは二人の顔を交互に見た。

「どうしてスポーツ専門の私を選んだんですかね。政治部にも社会部にも、優秀なカメラマンは大勢いるでしょう」

広橋は屋上の柵ごしに据えられた三台のカメラを見やりながら答えた。

「決定的瞬間を、この距離から正確に捉えるのは、バックスクリーン横から本塁のクロスプレーを狙い撃つ技術が必要だからさ」

「ふうん、まるでスポーツだね」

草壁は外濠を隔てた病院に目を向けながら言った。

「そうだ。これはスポーツだよ。神様が下さる時間は、もしかしたら百分の一秒かも知れない。自信はあるかい」

カメラマンは鼻で笑った。

「あなたの言う百分の一秒は、私にとっては百秒ですよ。もう三十年近くも、そういう時間の中で生きて来たんだ」

広橋は頼もしげにひとつ肯くと、腕時計を見た。午前九時十五分。間もなく約束された時間である。手提げ鞄の中から双眼鏡を取り出すと、広橋は艦橋(ブリッジ)から汐を見るように、カメラの脇に立った。

「十六階の左から二番目の窓だ。頼んだよ」

田之倉若頭は時間通りに、病院裏手の通用口で山内議員を待った。やがて黒塗りの公用車が横付けされ、第一秘書だけを伴った議員が田之倉に軽く目配せをして降り立った。

患者移送用のエレベーターで、三人は一気に十六階に向かった。

「先生は、メロンを召し上がりますか」

ドアに向いたまま田之倉が言うと、山内龍造は一見好々爺ともみえる老獪な笑顔を、わずかにほころばせた。

「メロンか。いいねえ、大好物だよ」

「そうですか、それは良かった。おすそ分けと言っては失礼ですが、お帰りのついでに手前どもの会長の病室にお立ち寄り願えませんでしょうか。なにぶんナマモノですので」

「そう。ナマモノね。で、いくつぐらい戴けるのかな。後を引くようなことでも困るから、どうせなら今日いっぺんに戴いて行きたいものだ」

一瞬、田之倉は眉をひそめたが、すぐに元の笑顔に戻った。

「四個ほど、ご用意してありますが」

「四個ねえ――」、と山内龍造は唇の端で笑った。

「こういう場所で四という数字はタブーじゃないのかね、君。病院だって三号室の次は五号室だよ」

田之倉はギロリと強い目を向けた。

「ご不満ですか……」

「いや、不満というわけじゃないが、私は縁起を担ぐタチだから。君だって多数の若い人の生活を預かっているのだから、そういうことには神経質にならなければいかんよ」

「これは気がつきませんでした。しかしあいにく四個しか用意がないので」

今度は山内議員の方が田之倉を威嚇するように険しい目をした。

「それならもうひとつ用意すればいい。たかがメロンじゃないかね。私は面会先で三十分ほど時間がかかるから、あと一個、買い足しておいてくれたまえ。いいね」

十六階の扉が開くと、山内龍造は第一秘書を連れて、振り向きもせずに去って行った。

エレベーター前で待ち受けていた幹部に、田之倉は耳打ちをした。

「やはり四億じゃ不満だそうだ」

「たいしたタマですね」

「なに、ためしに値切ってみただけだ。さすが大物だな、ヤクザなんざちっとも怖かねえらしい。仕様がねえな」


広橋は双眼鏡から目を離すと、カメラマンに向かって言った。

「ちょっと試し撮りをしてくれないか。十六階の左から八番目の窓だ」

「二番目じゃないんですか」

「いや、まず八番目だ」

カメラマンはアポロキャップのつばを後ろに回すと、ファインダーを覗き込んだ。一度シャッターを切ってから、初めて気づいたように広橋を見上げた。

「山内龍造じゃないですか、あれは」

傍らに立っていた草壁明夫は、カメラマンを押しのけて八〇〇ミリレンズのファインダーを覗いた。広橋はもういちど双眼鏡を掲げ、ゆっくりと言いきかすように、口だけで言った。

「それじゃあ説明しておこうか――八番目の病室で、山内龍造は自派閥の議員を見舞っている。それは別にスクープでも何でもない。しかし、山内の今日の目的は他にある。病室を出た彼はやがて……」

まるで広橋の言葉にあやつられるように、八番目の窓の中の山内龍造は立ち上がった。

「草壁さん、そっち頼みますよ！」

カメラマンが叫ぶと、草壁は手にした上着を放り出してビデオカメラに齧(かじ)りついた。

山内龍造は病室の外に消えた。

「彼は病室を出ると第一秘書を伴って廊下を歩き、エレベーターホールを通り過ぎ、集中治療室を覗くふりをしながら、実はナース・ステーションから顔をそむけて歩いて行く。行先は一六〇二号特別室。患者は広域指定暴力団天政連合会総長・新見源太郎。病名は慢性肝炎、そしてアルツハイマー病――」

「まだ回さないで。僕のシャッターと一緒に撮って下さい」

カメラマンは八〇〇ミリを構えたまま広角のワイヤーを左手でたぐり寄せた。広橋は続けた。

「法務大臣、警察庁長官、法制局長官、衆議院予算委員長、その他の要職を自派閥で固めている山内が秋の総裁選に勝てば、法案審議についての影響力は絶大なものになる。しかも、無節操な憲法学者やチョウチン持ちのマスコミは、彼の周囲にはこと欠かない。人権論を楯にとって、暴力団新法を廃案にするなりザル法にするなり、どうとでもできる唯一の政治家だ」

「これはスクープなんかじゃないぞ。そんなものじゃない」

小型ビデオカメラに張りついたまま、草壁は呻くように言った。

「そうだ。君らのカメラは、巨悪の心臓を狙撃するんだ」

両手に二台のカメラのシャッターを握ったカメラマンの手は、小刻みにふるえていた。

「来るぞ」

一六〇二号室のドアが開かれたその時である。背広姿の若者が窓辺に走り寄って、すばやく厚いカーテンを引いた。

「しまった！」

広橋が叫ぶと同時に、カメラマンはたて続けにシャッターを切った。

「だめだ、山内が入らない」

カメラマンは姿勢を崩して、どっと床に尻をついた。草壁明夫は拳で手すりを叩いた。

広橋はまだしばらくの間、双眼鏡を構えていたが、やがてゆっくりと手を下ろし、悲しげに足元の影を踏むしぐさをした。

「だめか……やはり運の強い男だね。僕らの手に負える相手ではないようだ」

広橋の影に寄り添うように、もうひとつの影が伸びてきた。肩をぶつけながら、ピスケンは不敵に笑いかけた。

「まだ勝負はついちゃいねえぞ、ヒデさん」

三人はピスケンの浅黒い顔を、眩しげに見つめた。ピスケンはくわえタバコの煙に目を細めながら、ちらりと腕時計を見た。

「十時ちょうどに、看護婦が検温に来る。ヤクザや政治家なんぞ、へとも思わねえすげえ奴だ。カーテンは開くぜ。なにしろあそこじゃ、そのババァが法律だからな」


テーブルの上に置かれた木箱を、田之倉若頭は来客に向けてすべらせた。

「先生、お約束どおりです。どうぞお納め下さい」

木箱はナイロン紐でひとまとめにくくられていた。

「新見さんは、おやすみのようだね」

山内は葉巻を嚙みながら、密室のソファに体を沈めた。五つの木箱に目を細め、田之倉の顔を手招いた。

「知ってるのかね、このことは」

「いえ、すっかりボケちまいまして、何もわからないんです」

「ほう。噂は本当か」

二人は顔を見合わせて苦笑した。秘書と若者は一礼して廊下に出て行った。

「なにぶん昔かたぎの不器用なお人ですので、時節がら好都合と言えば好都合……」

「そろそろ君の番じゃないのか」

と、山内は葉巻の先を田之倉に向けた。

「いえ、とりあえず今度の法律がはっきりしないことには、そうもできません」

「なるほど、危険な時期には立たんというわけか」

「世の中、表も裏も同(おん)なじで」

「これはきつい言葉だね。だが、田之倉君、それは正解だよ。人間、待つべき時は待つものだ」

二人が声を押し殺して笑った、その時である。突然、中年の看護婦が血圧計を持って病室に入って来た。

「あいらオヤブン、おやすみ？　ハイ、血圧計るわよ。ちょっとあんたたち、カーテンなんか閉め切ってなにコソコソ話してんのよ。たまのお天気じゃないの。病人にはお日様と新鮮な空気が一番の薬なんだからね」

看護婦は耳を被いたくなるようなキンキン声で言うが早いか、早足で窓辺に寄るとカーテンをザッと左右に開いた。

「あらまあ偉そうに葉巻なんかくわえちゃって。まったく見舞に来てんだか殺しに来てんだかわかんないわ」

窓が開け放たれ、さわやかな風が病室に吹き込んだ。

「な、なんだ君は、失敬な。たかが看護婦のブンザイで……院長を呼びたまえ」

看護婦は血圧計を枕元に置くと、山内龍造をジロリと睨んだ。

「院長だって？　笑わせんなよクソジジィ。ここじゃあたしが法律よ。文句あんの」

文句はなかった。当選十三回の国会議員は勤続二十五年の看護婦に完全に圧倒された。

文句なしの大貫禄であった。

「さ、オヤブン、体温計」、と看護婦はたくましい腕で親分を抱き起こすと、毛布を乱暴に剝ぎ取った。

新見総長は不機嫌そうに大あくびをした。妙に澄んだ目をしばたたきながら、ぼんやりと来客を見、ふいに大声で叫んだ。

「ヤッ！　岩松。おめえそこで何してんだ」

ヤレヤレというように田之倉は頭を掻いた。

「岩松じゃありやせん。田之倉です」

「おう、田之倉か。おめえ、まさかそのメロン、食おうってえ気じゃねえだろうな」

「いえ、ちょいとこちらの客人におすそ分けを……」

親分は看護婦の腕を振りほどいて身を起こした。

「ならねえ、ならねえぞ。それァな、ケンタが持って来てくれたもんだ。銀座じゃ手に入えらねえ夕張の千疋屋のメロンだ。さ、よこせ」

「親分、動いちゃだめだよ。ほらジッとして」

「うるせえ、このブタ！」

と、親分は看護婦の頭を張り倒した。思わず手を出したことで、新見総長はいよいよ惑乱した。もともとが逆上すると手のつけられないタチである。しかも病状は篤かった。

「いかん、発作だ！」

田之倉の叫びを聞いて飛び込んで来た若者の止める間もなく、総長はベッドから飛び降りるとテーブルに走り寄り、メロンの箱を胸に抱えた。

「オ、親分！　そいつァメロンじゃねえ！」

「何を言いやがる、これァ日本一の夕張メロンだ。クサレ外道どもの持って来る銀座あたりのメロンたァ、メロンがちがわあ！」

「そうじゃねえ、そうじゃねえって」

奪い返そうとする田之倉の頭めがけて、親分は力いっぱい木箱を打ちおろした。額の古傷がパカリと割れて、田之倉の白髪は血に染まった。

「ワッ、カシラのカシラがっ！」

若者は目を被って立ちすくんだ。砕けた木箱から、札束が舞い上がった。

「ウオッ、何だこれァ。おいてめえら、メロン食っちまったろう。俺が寝てる間に、全部食っちまったんだろう」

親分は札束を鷲摑みにすると、吹き入る風の中にまき散らした。議員もヤクザも秘書も、偶然とおりすがりの掃除夫も、悲鳴を上げながら札束をかき集めた。

「こんなもん、こんなもん——ちがうぞ、ケンタが持って来てくれたのァ、こんなもんじゃねえぞ。何億積んだって買えねえ、日本一の男気だあ！」

親分は次々と木箱のフタをこわしながら怒り狂った。もともと舞い踊るカネ吹雪の中を窓辺に走り寄ると、「なんだ、こんなもんっ！」と叫んで、両手に山と抱えた札束を十六階の空中に高々と放り投げたのである。

一瞬、全員が立ちすくんだ。田之倉と山内龍造は窓に駆け寄った。

夥しい一万円札は熱風にあおられ、外濠通りの夏空を被い尽くすように拡がって行った。

二人は真っ青な顔を見合わせ、左右からカーテンを引いた。

「夕刊には間に合うね、草壁さん」

双眼鏡を収いながら、広橋はこともなげに言った。草壁とカメラマンは息を荒らげて、コンクリートの上に座り込んでいた。

「一瞬のライフ・ワークだったね。これでもう、君も支局を転々とすることはないさ」

広橋は帽子を取り、ハンカチで汗を拭った。

カメラマンは手早くフィルムを巻き戻すと、呆然として座り続ける草壁の手に握らせた。

草壁は前髪をかき上げ、日裏になった広橋の顔を、たおやかな山頂でも見るようにじっと見上げた。

「僕は、社をやめますよ」

「やめる？」

「これから、このフィルムをすべての放送局と新聞社に持ち込みます」

「どうして？　大変な手柄じゃないか」

「いや」と、草壁は立ち上がり、フィルムをポケットに入れた。

「なにしろライフ・ワークですからね。わたくしするものじゃない。なあ、いいだろう」

草壁が了解を求めると、カメラマンは無言で肯いた。

二人は機材を片付けると、ピスケンと広橋に握手を求め、光の中に消えて行った。

「ヒデさんよ――」、とピスケンは見送りながら腕組みをした。

「あいつら、カタギにしておくのにゃ、もったいねえ」

溢れる日射しに目をしばたたきながら、広橋はピスケンの肩に手を置いた。

「ケンちゃん、あんたもヤクザにしておくのは、もったいないよ――」

黒衣の妻

木洩れ日の中で、軍曹は思いついたように訊ねた。

「ところでケンちゃん。キサマらあの日、本当に高尾山に行ったのか？」

ピスケンはベンチに腰を下ろしたまま、面倒くさそうに答えた。

「くどいぜ軍曹。この真っ黒な顔を見りゃあわかるじゃねえか」

「そうか。だがどうしても気にかかる。もしやキサマら、俺を仲間はずれにしたのではなかろうな。ナゼだ、俺が目立ちすぎて都合が悪いのか」

「そうじゃねえって。本当に高尾山に行ったんだ」

「ではナゼ俺に一言、声をかけなかったのだ」

「そ、それは、おめえがあんまり良く寝入っていたから……」

「叩き起こされるのは非常呼集で慣れておる。寝覚めの良さは誰にも負けんぞ」

「しつこいのは顔だけじゃねえな。そうだ、おめえはさんざ野山を駆けめぐって来たんだから、別に面白くもなかろうと思って誘わなかったんだ」

「キサマ……いま思いつきで言ったな。どうした、まっすぐ俺の目を見ろ。ほら、見れんだろう。心がヨコシマな証拠だ」

「何がヨコシマだ。てめえのツラをまっすぐ見られる奴なんてこの世にいるものか。おお怖え」

　雨上がりの墓地であった。たそがれの風が渡ると、頭上に生い茂った桜の葉叢から大粒の滴が落ちて、男たちの肩を濡らした。

　尾形良晴・元大蔵次官が死亡してから八日目、プロテスタントの習慣では召天記念日にあたる夕刻のことであった。ぎっしりと花を重ねたあじさいの生垣の向こうで、広橋秀彦は長い間、帽子を胸に当てて立ちつくしていた。

「しかし軍曹、あいつは律義者だよな」

　ピスケンは墓前の広橋に顎を向けた。

「まったくだ。あの男こそ忠孝を絵に描いたような、日本男児の鑑だ」

「あいつの女房、ガキを連れて他の男に走ったらしいが、いってえどんな色男なのかツラが見てえもんだ」

「ロバート・デ・ニーロのような男であろうか」

「いや、ケビン・コスナーみてえな二枚目に違えねえ」

あじさいの淡やかな帯が夕まぐれの涯まで続く小径であった。二人はそれぞれに、かつて自分が愛し、時の彼方に去って行った女たちのことを考えていた。彼女らは今、どんな男を愛しているのであろう。詮ない想像であるが、少なくとも自分以上の男に愛されているに違いないと、忘れられた男たちは思うのである。

「ヒデさん、もう良かろう。お父上は心おきなく天に召されたよ」

軍曹は立ち上がって広橋に呼びかけた。広橋は目覚めたように顔を上げ、灰色の帽子を目深に冠った。

なにげなく小径の彼方に目をやって、ピスケンは軍曹の袖を引いた。

「おい、ヤバいんじゃねえか、あれ」

「ん？」と、振り向いた軍曹が見たものは、あじさいの道を歩いて来る家族連れである。

「だから言わんこっちゃねえ」

「俺は知らんぞ、どうなっても」

二人は溜息をついてベンチに腰を下ろした。

広橋の姿を認めると、家族は路上で立ち止まった。やがて妻だけが、心を決めたようにゆっくりと近寄って来た。ベエルに包まれた顔は薄闇の花のように白く、黒衣の背は凛と伸びていた。軍曹とピスケンは、その気高い美しさに瞠目した。

「マ、マブイ……」

思わず呟いて、二人の目は彼女の新しい亭主に注がれた。

「ダ、ダセエッ！」

確かにダサイという表現がピッタリの男であった。なさぬ仲の子等の手を握って立ちすくむその姿は、ハゲ・デブ・メガネの三重苦を如実に体現していた。

二人は口をアングリと開け、美しい黒衣の妻とダサい男とを見較べた。

「まるでブタに真珠、チョウチンに釣鐘。いや、自衛隊に大陸間弾道弾ではないか」

「まったくだ。ダサいどころか個性てえもんが何もねえ。すっかり風景に埋もれちまって、出番をまちがえて立往生しているエキストラみてえだ」

少なからぬ嫉妬をこめて、軍曹はさらに声を絞った。

「俺だって、あいつに較べればいくらかは目立つぞ」

「おめえは誰と較べたって目立つぜ」

妻はあじさいの花束を胸に抱いて、広橋と対峙した。かつての夫は、子供たちから顔をそむけるように、レインコートの襟を立てた。

「大介のかかりつけの医者というのは、あれか」

広橋の言葉は、精いっぱい夫として父としての立場を主張しているように聞こえた。妻は答えなかった。

「医者はいいな。自分の道がある。資格を持つというのはいいことだ」

凡庸な医者は、いかにも凡庸な会釈をすると、子供の手を放し、二つの小さな背を広橋に向けてそっと押した。子供らが二、三歩かけ出した時、広橋は毅然とした父の声で叫んだ。

「くるんじゃない！」

子供は笑顔を吹き消して、機械じかけのようにピタリと立ち止まった。

ベエルの中で広橋を見据えたまま、妻は初めて口を開いた。

「子供たち、あなたの言うことには何でも従うのね」

妻は目を伏せた。長く引かれた眉がことさら秀でた。

「いい人のようだ」

「ええ、いい人。ふつうの人よ。酔っ払って電車を乗り過ごすこともあるし、新しいズボンにタバコの灰を落としたりもするわ。怒ったり泣いたり、あわてたりもする。そのうちきっと浮気もすると思う。私大出の、十年かかってやっと小児科の医者になった人よ」

　妻は黒衣の裾を引いて、墓所に向かって歩き、広橋に肩を合わせて立ち止まった。

「意外でしょう。でも、あの人はたったひとつだけ、あなたのくれなかったものを、私と子供たちにくれたの」

　広橋は思いめぐらしながら、子供たちの後ろに所在なげに佇む男を見つめた。凡庸な医者は広橋の視線をかわすように満天の木々を見、生垣の花を見、もういちど広橋の目に出合うと、申しわけなさそうに禿げかけた頭を下げた。

「それはね、安息よ。子供たちはもう奥歯を嚙みしめて父親を仰ぎ見ることはないの。私も肩をそびやかして夫に向き合うことはないわ。みんなが同じ目の高さで暮らして行ける、それが家族の安息よ」

　そう言うと妻は、広橋の怒りを待つように片手でベエルを開いた。大輪の花のようにあでやかな顔が夕闇に浮き上がった。

「あなたを尊敬しています。私も大介も美也も――」

　広橋は踵(きびす)を返して、逆の方向へと大股で歩き出した。妻の言葉は深く広橋の心をえぐった。今まで考えもしなかった或る仮定が頭をよぎった。

（憎悪とは敬意の異名かも知れない……）

義父と山内議員の顔が思い浮かんだ。

涯もなく続くあじさいの生垣が、焦点の定まらぬ瞳になだれこんで来た。

「どうして私だけを許すの！」

妻は手にしたあじさいの花束を、広橋の背中に投げつけた。

路上に落ちた一枝を拾い上げて、広橋秀彦は花のいろを宿した厚い眼鏡を、静かに妻に振り向けた。

「わからないのか、そんなことが」

続く言葉を打ち消そうとでもするように、頭上の木々が立ち騒いだ。精霊の仕業のように思えて、広橋は天を仰いだ。

「女の心がわりは許せても、男の変節は許せない――それだけのことだ」

反戦参謀

神田界隈

神田須田町の交差点で、二人の男はタクシーを降りた。

お揃いの開襟シャツと白いジャケットに、生成り麻のズボンをはいている。先に降りた男は相棒を遠ざけるように早足で歩き、信号で立ち止まった。パナマ帽を振り向け、近寄ってくる大男に舌打ちをした。

「そばに寄るんじゃねえ」

肩を並べて立った軍曹から一歩横にとびのいて、ピスケンは言った。軍曹は獅子舞の獅子のような前歯を歯茎まで剝いて、ニッと笑った。

「何がおかしいんだコノヤロウ」

「そう毛嫌いすることはないだろう。相棒ではないか。戦場では相棒は常に生死を伴にするものだ。一本のタバコを二人で分かち、一人が傷つけば背負って行くのだ」

「バーカ。俺がどうやっておめえを背負うんだよ」

「いや、それは……例えばの話だ」

信号が青になると、ピスケンは追いすがる軍曹から逃れるように足を早めた。リーチが違うのでコトであった。しまいには駆足になったが、軍曹は悠然と歩きながら間合いを詰めてくるのである。悪夢のようであった。汗が吹き出て、ピスケンは走るのをやめた。

「まったく、何て存在感のある野郎だ。出番は少ねえのに」

「そういう苦情は親に言ってくれ。今さら図体のデカさや顔のコワさに文句をつけられても、困る」

軍曹はバスタオルのようなハンカチで巨顔を拭（ぬぐ）いながら答えた。声はまるで夏空から響き落ちてくるような、エコーのかかったバリトンである。

「第一（でえいち）てめえ、人とそっくり同（おん）なじ服装でついて来るたァ、どういう了見なんでえ。こっぱずかしいったらありゃしねえ」

「以前からキサマのその服装は気に入っていた。で、昨日ブラリと三越（みつこし）に行ったら、同じものを売っていたので買った。悪いか」

「ああ悪い悪い、とんでもねえ。他人と違うナリをするてえのが粋てえもんだぜ、このゲス野郎。てめえなんざ早えとこクニに帰って漁師にでもなれ」

「そうか。そういうものであったか……」

と、軍曹は生地問屋のウインドウに立姿を映して、しげしげと眺めた。

「まあ、今日のところは仕方がねえ。ともかく俺ァな、ミーハーのジャリどもたァわけが違うんだ。見てみろ、帽子と靴が違うからまだしも、それを揃えりゃまるでマンザイだぜ」

軍曹はうつむいて足元を見、まさに官品という感じの自分の靴と、ピスケンの小粋なコンビネーションの靴とをうらめしげに見較べた。

「実は、靴も帽子も探したのだ」

「ゲッ、なんて野郎だ」

ピスケンは呆れて、軍曹のクソ真面目な顔を見上げた。

「しかし——サイズが、なかった。無念だ」

言いながら肩を落として打ちしおれる軍曹を見て、ピスケンはブッと噴き出した。

「なに、サイズがねえ。ハハハ、そいつァいいや。で、おめえのその足は、いってえ何文（もん）なんだ」

「何文とは、ずいぶん古い言い方だな。何文だか知らんが、三十センチだ」

「さ、三十センチ！」

「そうだ。三越にもワシントンにもなかった。大恥をかいた」

ピスケンは街路樹の幹にすがりついて笑った。何かにかじりついていなければ倒れてしまうほど笑った。

「……そんなに、おかしいか」

「おかしいもなにも、おめえ。ヒイ、おかしい」

「そう言えば、三越の店員もみな苦しげな顔をしていた。さてはおかしいのをこらえていたのか。さすが名門だ。教育が行き届いておる」

「で、なんだ。帽子もサイズがなかったのか?――待て、ちょっと待て、いきなり言うなよ。呼吸が止まるかも知れねえからな」

ピスケンは街路樹を抱いたまま深呼吸をした。落ち着くのを待って、軍曹は言った。

「その通り。六十四センチの帽子は松坂屋(まつざかや)にもトラヤにもなかった。屈辱であった」

ピスケンは街路樹にガツガツと頭突きをくれた。苦しかった。肺の中の空気が出切ってしまって、内臓が口から溢れ出そうであった。

「ろ、六十四センチだと? おめえ、そこいらのネエちゃんのウエストより、よっぽど太えぞ」

「何とも不自由な体だ」、と、軍曹は過去の屈辱を思い返すように深刻な表情になった。

「ここだけの話だが、俺はTシャツというものが着れんのだ。着たら最後、脱げんのだ。ムリに脱ごうとすると目が吊り上がってしまう。目の吊り上がった俺の顔を想像してみよ。怖くておかしい便所の幽霊。いちどその状態で、真っ赤なTシャツを脱ぐも着るもできなくなってしまったことがあった。破るのももったいないから、頭上にまとめて風呂に入った」

「やめてくれ、死んじまう……」

ピスケンは溺れる者のように木の枝を掴み、笑いながら泣いた。

「そうだ、あの時もみなそうして風呂場で転げ回って笑っていた。そんなにおかしいのかと思って、鏡を見たら――」

「死ぬ……死んじまう」

愕然とした。まるで百人一首の蟬丸。武田信玄の頭巾。われながらおかしかった。

「もうダメだ。頼む。やめてくれ」

「笑いごとではないっ！」

笑いごとであった。ピスケンは路上に崩れ落ち、舗道をかきむしった。

「ヒイ……で、おめえ、自衛隊じゃどうやって暮らしてたんだ……プハッ、苦しい、死ぬ」

「ヤメロとか死ヌとか言いながら続きをせがむとは、キサマ女のようなヤツだな。よし、では一気にイカせてやろう」

「やめろ、やっぱりやめてくれ。俺が死んだら話が続かねえ」

「新隊員教育隊では、適当なサイズを支給して、あとは体を合わせろと言った。旧軍以来の変わらぬ伝統だ」

「そいつァ無理な注文だ。足や頭じゃ、カンナで削るわけにもいくめえ」

「全然ムリであった。ヘルメットは正月のおそなえ餅。半長靴はトイレのサンダル。補給陸曹は笑い転げながら、俺をその恰好のまま連隊本部に連れて行った。連隊第四係は、ひとめ見るなり、全員玉砕した」

「アッ、ダメ。息が……イクッ」

「まだまだ。本当にヨイのはこれからだぞ——さて、ヒマなのと珍しいのとで、連隊本部第四係の補給幹部は俺をジープに乗せて師団司令部に連れて行った。不意を突かれた司令部は大混乱に陥った。一瞬、指揮能力を喪ったのだ。師団長以下幕僚全員がその場に倒れたのだから」

「やめろ、いや、やめるな。こうなりゃ最後まで聞いてやる」

「おお、さすがだ。ここまで到達した、キサマが最初の人類だぞ。——で、それから今度は師団の幕僚ドノが、俺を松戸の需品補給処まで連れて行った。幕僚ドノは出発に際してジープのドライバーに、安全確保のため決してバックミラーを見てはならぬと命令していた。我々は無言で松戸駐屯地に着いた。まるで夜間斥候に出たような緊張感であった」

「とすると……松戸も全滅か」

「もちろんだ。連隊・師団と、前線部隊が相次いで玉砕したというのに、後方の補給処がどうして事態に対処できよう。まず、衛門で立哨中の警衛がいきなりブッ倒れた。せめてジープに幌(ほろ)をかけて行く配慮が欲しかった。もしくはおそなえ餅のヘルメットは脱いでいくべきであったが、車両移動中の規則だから仕方がなかったのだ。最悪だったのは、同じ駐屯地内にある第二高射特科隊の機能が一時的に停止したことであった。もしあの瞬間にソ連が攻めて来たら、ミグを迎撃するすべはなく、首都は壊滅したであろう」

聞きながら次第にピスケンの笑いは静まった。軍曹の語り口がどことなく物哀しげになったからである。

「それで、おめえ、靴と帽子はあったのかよ」

「ああ。とりあえずサイズを測りなおして別あつらえしてくれた。三十センチの靴、六十四センチの帽子は、旧軍を通じて記録にないそうだ。それらができあがるまでの間、俺はただひとり私物の靴をはき、私服を着て訓練に参加していた。新隊員の俺にとって、シャバの泥のついた靴をはいて暮らすことは、実につらかった。すべてを……捨てて来たのだからな」

二人はいやにしんみりとして、昼下がりの街を歩き出した。

「ふうん。そうして聞いてみりゃ、確かに笑いごとじゃねえ」

「いいや」、と軍曹ははにかむように微笑んだ。

「自衛官は俺にとって天職であった。シャバでは笑いぐさにしかならぬが、その後、俺を笑った者はただの一人もいなかったからな。軍隊では力こそが正義なのだ」

「おめえ、さぞ凄かったんだろうな」

軍曹の悲しげな顔色を窺いながら、ピスケンはそう訊ねた。大きな瞳は青々と夏空をたたえていた。

「俺は誰にも負けなかった。持久走、徒手格闘、銃剣術。ことに射撃の腕は、まぼろしのオリンピック選手と呼ばれた」

軍曹の言葉には少しの衒いもない。ピスケンは素直に感動した。

「へえ、幻のオリンピック選手か……」

「そうだ。俺がいなくなると部隊の戦力に支障をきたすから、体育学校に入校させてもらえなかったのだ。平時における各種競技会は、いわば部隊の営業成績のようなものだからな」

「そりゃあもったいねえ話だ」

「格別そうは思わん。俺は何も、オリンピックに出るために努力してきたわけではなかったからな。ただ強い軍人になりたかった」

「だからっておめえ、英雄になりそこねたじゃねえか。もったいねえよ」

フン、と軍曹は鼻で笑った。

「軍人の誇りとはな、勲章や星の数ではないぞ。鋼の筋肉と鉄の意志だ。英雄とはな、弱者の前に楯となって立往生することのできる男のことだ」

ピスケンは思わず立ち止まって、軍曹の広い背中を見つめた。

「おめえ、偉いヤツなんだなあ」

顔だけ振り返って、軍曹は照れ臭そうに鼻を掻いた。

「こういう自衛官はいくらでもいる。給料めあてで、今どきあんな割に合わん人生を選べると思うか——だからこそ、俺は許せなかったのだ。ヘタクソな外交のツケを、俺たちの血で贖（あがな）おうとした連中が。俺たちは世界一誇り高い兵士だ。アラブの砂漠の、わけのわからん戦さで死ねるか」

「ふうん」、と言葉を喪って、ピスケンは帽子を脱いだ。軍曹の顔には再び晴れがましい、馬上にあるような微笑が戻っていた。

「キサマの言うことはわからんでもない。他人の服装をまねるのは、やはりいいことではないな」

刈り上げた髪をタオルで拭いながら、軍曹は言いづらそうに続けた。

「実は、制服を奪われてこのかた、いったいどういう恰好をすれば良いのかわからんのだ。不作法は許せ。爾後、気をつける」

萬世橋にほど近い裏路地に入ると、ピスケンは「おお」、と呟いて立ち止まった。

「どうした」、と軍曹は訊ねた。ピスケンは路地の周囲を見渡し、溜息まじりにいくども肯いた。

「ああ、どこも変わっちゃいねえ。ここだけァ、昔のまんまだ」

ビルディングに囲まれて空は狭いが、そこだけが都市の変容から忘れ去られたような古い街並である。

「ここがキサマの生まれ故郷というわけか」

「そうだ。十三年の間にどこもかしこも変わっちまって、もしや古い暖簾が集まっているここいらは、と思って来てみたが。ほら、見てみろ、鮟鱇のいせ源、汁粉の竹むら、鳥鍋のぼたん——相変わらず頑固な店だぜ、地鳥の痩せる夏場は意地でも店を閉めていやがる」

ほめているのかけなしているのかわからぬ口調でそう言うと、ピスケンは嬉しそうに足を早め、辻を折れた。

「仲直りといっちゃなんだが軍曹。どうでえ、ひとつナワでもたぐろうかえ」

「ナワを、たぐる？」

「ソバを食おうてえこったよ。おめえ自衛隊でワラジみてえなビフテキを食わされていたんなら、おおかたソバもソーメンみてえなシロモノだったろう。さ、おごるぜ」

とらわれたスパイ

鳥の痩せる盛夏には意地でも暖簾を出さぬという鳥鍋屋の角を曲がると、突き当たりに小体(こてい)な黒塀に囲まれた「藪蕎麦(やぶそば)」がある。

明治十三年の開業以来、更科(さらしな)・砂場(すなば)と並び称せられて来た、江戸前ソバの老舗(しにせ)であった。

門前には頑丈な角柱に支えられた提灯が下がっている。まるで他者(よそもの)を拒むように、そして時代をも拒むように、明治の東京がそこに肩肘を張って立っているようだ。

水を打った石畳を歩くと、古い店構えが二人を迎えた。

「なんだこれは。まるで庄屋の家のようではないか。これがソバ屋なのか」

「軍曹……」、と引戸の前で立ち止まり、ピスケンは言った。

「おめえ、メッタなことは言うなよ。神田の藪(やぶ)と言やあ、日本中のソバ屋の大元締みてえなものだぜ。お里の知れるような余分な口は利くんじゃねえぞ。いいか、ソバってのァな、口で食わずに心意気で食うもんだ」

軍曹はふと不安げにピスケンを見返した。

「え?……な、なんだ、むずかしそうだな。意気で食うのか。よ、よし、わかった」

軍曹は背筋を凜と伸ばし、ウームと拳を握りしめた。盛り上がった肩の筋肉がギシギシと軋んだ。

「おい、そうじゃねえ。何も気合を入れるこたァねえんだ。まあいい、俺のマネをしていろ。くれぐれも田舎者だと悟られちゃならねえぞ。江戸ッ子ってえのァ、オノボリと見れァすぐバカにするからな」

二人は引戸を開けて、ほの暗い店内に入った。

「俺はウドンがいいな……」

注文を取りに来た店員は険しい目付きで軍曹を睨み返した。ピスケンはあわてて軍曹の脛を蹴った。

「アーいや。冗談だよ、ねえさん。セイロ、セイロを四枚」

「セイロ? セイロって何だ」

「うるせえぞばかやろう。いいんだよ、ねえさん。セイロ四枚」

「おいケンちゃん。さっき昼メシを食ったばかりだぞ。二人前ずつはムリではないか」

「うるせえな、黙ってろ」

ようございますね、と店員は訝しみながら、帳場に座る店主に注文を通した。

「セイロ、よまあい、おふたりさあん。お手元はにぜえん」

甲高い江戸前の声で、店主は言った。

軍曹は蹴とばされた向こう脛をポリポリと掻きながら、物珍しそうに周囲を見回した。

質素な、それでいて洗練された店内であった。格子柄の石を敷き詰めた土間に、飾り気のない卓と椅子がゆったりと配置されている。小竹の藪に面した窓際のそれらは、涼やかな籐（とう）である。障子で隔てられた座敷にも、目を引く調度は何ひとつなく、照明さえ行灯のようにほの暗い。見上げれば蛍光灯は、大きな和紙の箱の中に収（しま）われていた。

「セイロにまあい、おかわりい、七番さあん」

店主の声が際立つ。そばを啜（すす）る音は店のたたずまいに調（ととの）えられて、少しも耳に障らない。

客の何人かは様子の良い老人で、どれも昼日中からそばを肴に銚子を傾けている。

「ねえさん」、と銚子の首を振って酒を催促した老人を横目で睨んで、軍曹は溜息をついた。ピスケンは軍曹の顔を手招いた。

「あのな、ソバ屋で酒を飲むのァ、ここいらの習慣だ。そんな目で見るな」

「ナニ、習慣だと。真っ昼間から、しかもこのクソ暑いのに燗酒(かんざけ)を飲むのか」

「そうだ。暑さと酒とでヒリついた喉に、冷てえソバが走るてえのがたまらねえ。どうだ、おめえも一杯(いっぺい)やってみるか」

「いや、遠慮する。何という自堕落な習慣だ。酒を飲みながらソバを食うとは、たとえばモスクワでマクドナルドを食うようなものだ」

「……」

「わかるか」

「わからねえ。おめえのたとえばってのは、いつだってしばらく考えにゃわからねえ」

「では、わかりやすく言おう。たとえば、牛乳のお茶漬け、スパゲティのタラコあえだ。うまいかどうかは別として、アイデンティティーに欠けている」

「いよいよわからねえ」

ソバが来た。セイロの簀(すのこ)が透けて見えるほど薄く盛られたソバを見て、軍曹はひとりごちた。

「なんだ、これは。これで一人前とは、まるでサギではないか」

「東京じゃテンコ盛りのソバなんぞソバじゃねえ。足らなきゃ何枚だって注文すりゃあいいんだ」

「しかしそれでは、ずいぶん高い物につくな。どうも東京人の経済感覚は理解しがたい」

「文句は食ってから言いな」

ピスケンはソバをひとたぐり呑み込むと、軍曹の顔色を窺った。ひと口嚙んで、軍曹は顎の動きを止めた。

「どうでえ田舎者。うめえだろう」

思いがけぬ美味に、軍曹は返す言葉もなく肯いた。

「わかったろう、べらぼうめ。こいつがカカアを質に入れても食うてえ、江戸前の味だぜ。さあ食え、どんどん食え」

軍曹はたちまち二枚のセイロをたいらげると、おかわりを注文した。

「うまい。こんなうまい物を食ったのは生まれて初めてだ――ん？　なんだキサマ、また何か言いたげだな」

大きな顎をボキボキと動かして咀嚼（そしゃく）する軍曹に向かって、ピスケンは一言、強い口調でたしなめた。

「嚙むな……嚙むんじゃねえ」

軍曹は相変わらずさかんに顎を動かしながら笑い返した。

「冗談はよせ。ひとくち三十回嚙むのは、俺の長年の習慣だ」

「嚙むなってえのに、わからねえのか。ソバは嚙むもんじゃねえ。いいか、こう――」

ピスケンはソバをたぐり、ソバ猪口(ちょこ)のヘリで鮮やかに猪口切りに切ると、ザッと小気味よく啜り込んだ。

「おっ、なんだキサマ。それでは丸吞みではないか。毒だぞ、やめんか」

「バーカ。ソバは舌で食うもんじゃねえ。こうやって、喉で食うもんだ」

「イキで食うとかノドで食うとか、全く信じられん。それにキサマ、いまソバを指で切ったろう。何と不衛生な食い方だ。手づかみで食って嚙まずに吞み込むとは、呆れて物が言えん」

「呆れて物が言えねえのはこっちだ。このゲス野郎」

と、あかずに物を言いながら、二人はアッという間に十数枚のセイロをたいらげた。

食い終わった時、軍曹が「お茶ッ!」、と大声で言ったので、ピスケンはついに立ち上がり、軍曹の首を絞めた。

「ヤロウ、もう勘弁できねえ!」

「待て、お茶と言って何が悪い。く、くるしい、やめんか、死ぬぞ」

「おお、死んじまえ。いいか、ソバ屋ではソバ湯を飲むもんで、お茶たァどういう言いぐさだ」

「知るか、そんなもの。この町はまるで外国ではないか。アッよさんか、死ぬぞ」

「もう生かしちゃおけねえ。冥土のみやげにもうひとつ教えてやらあ。いいか、お茶ってえのはな、お茶を引くってえんで客商売の店ん中じゃ禁句なんだぜ。せめてアガリと言いやがれ、この唐変木（とうへんぼく）」

帳場から駆け出してきた店主が、仲に入って二人を引き離した。

「まあまあお客さん。聞けば仲々の通（つう）でらっしゃるが、流儀の作法のてえご時世じゃござんせん。ここァひとつよしなに、よしなに」

軍曹は憮然として襟元を整えた。

「まったく、何という土地だ。東京がこれほどローカルだとは、今日の今日まで知らなかったぞ。ご主人、あなたもどうやら仲裁をしておるようだが、何を言っておるのかサッパリわからん。これは立派なナマリだ。東京を首都にしたのは誤りであった」

「あ、このやろ。言うにこと欠いて東京を田舎よばわりしやがった、もう許せねえ！」

緊急避難のため、軍曹がやむなくピスケンの腕を捻じ上げ、羽交い締めに取り押さえたその時である。

どさくさに紛れて、サングラスを掛けた怪しげな男が戸口から走り去った。軍曹はそれを認めると、ピスケンの頭をポカリと殴って力をゆるめた。

「いて、おめえ本気で殴ったな」

「こんなことをしている場合ではない。おい、勘定は頼んだぞ」

軍曹は男の後を追って戸口から駆け出した。軍曹は走った。千五百メートル四分〇秒台の豪脚である。門を走り出ていくらも行かぬうちに、男の襟首を摑んで引き倒した。サングラスをむしり取り、胸ぐらを摑み上げると、小男の体は軽々と空中に浮き上がった。

「ま、待て、大河原君。誤解だ、手荒なマネはやめてくれ」

「何が誤解か。説明せよ」

軍曹は男の体を路上に落とすと、仁王立ちに立って睨みつけた。ワナワナと慄(ふる)えながら男は答えた。

「いやあ、偶然だね。久し振り、元気か?」

「元気かどうかは見ればわかるだろう。偶然ならばナゼ逃げた。貴官、この数日ずっと俺を尾行しているではないか」

「ちがうちがう。自衛隊はそれほどヒマじゃない」

「うそつけ。自衛隊はいつだってヒマだ。ソ連もあんなになってしまったことでもあるし、いよいよヒマにちがいない。この上まだシラを切るのなら、俺のもっと元気なところを見せてやろうか、あ？」

「待て、大河原。かりそめにも元は上官だぞ」

「フン。俺はいたずらに星の数など崇めたりはせぬ。キサマのような飯の数ばかりのロートル准尉なぞ、ハナから上官などと思ったことはないわ。その役人根性を叩き直してくれる、そこに直れ！」

後を追って来たピスケンに向かって、老准尉は救けを乞うように顔を上げた。

「なんだなんだ、おめえまた弱い者いじめをしていやがるのか。たいがいにしろよ」

「やあケンちゃん、ごちそうさま」

「なにがごちそうさまだ。まったく変に行儀のいい野郎だ。で、なんでえこのザマは」

「この男が俺たちを尾行していた」

「えっ、尾行。刑事か」

「いいや、連隊のＳ－２の准尉だ」

「なんでえ、そりゃあ」

「情報課とでも言うのかな。要するに作戦に必要な情報を収集するセクションの者だが、平時はヒマだから隊員の素行調査や脱柵者の捜索などをしている。くだらん奴らだ」

「ということは、スパイか」

「それほど恰好の良いものではないが、まあそんなところだ。よっぽど俺の行動が気になるとみえる。おい、立たんか、みっともない」

准尉は打ちすえられた犬のように卑屈な上目づかいで、おずおずと立ち上がった。

「大河原一曹、どうか命ばかりは……」

「なんだ、帝国軍人が命乞いか。日本は平和だな。キサマの命など刀のケガレだわい」

「そうですか。じゃ、これで」

軍曹はそそくさと立ち去ろうとする准尉の襟首を摑んで引き戻した。

「おい准尉ドノ。話はまだ終わってはおらんぞ」

「へ、まだなにか……」

「キサマの一存ではあるまい。命令の発令者はタレか」

准尉の小役人ヅラはスッと青ざめた。

「連隊長ドノか」

「え、いや……」

「答えられんのか。守秘義務を守るほどのサムライとは思えんが。さあ、答えよ、大河原を尾行せよという命令は誰から受領した。答えられんのなら、舌嚙んで死ね。あっぱれ武人のホマレとほめてやる」

「おめえ、けっこうネチネチ型なんだな。もっとサッパリした性格かと思ったぜ」

呆れるピスケンをよそに、軍曹は准尉の頭を鷲掴みにしてさかんに責めた。

「暴力は、暴力はいかんよ大河原君」

「暴力——そうだ、暴力はいかんな。よし、手は出さん、平和的に行こう。さあどうした、舌噛め、カメカメ。どうだできまい、この腰抜けの小役人の売国奴。ネズミ、卑怯者、権力のイヌ、米帝の手先、安保の亡霊、万年准尉の税金ドロボー、ヤーイヤーイ」

「おい、軍曹。何もそこまで言わなくたって。ちっとも平和的じゃねえぞ」

「うるさい。言論の自由は憲法で保障されている」

「見てみろ、じいさん泣いちゃったじゃねえか」

准尉は軍曹の中傷に傷つき、クックッとしゃくり上げているのであった。

「フン、知ったことか。血を流すことを厭うから、人前で涙を流さねばならんのだ。おい、准尉ドノ、返答せい。バーカ、カーバ、チンドン屋、おまえのかあさんデーベソ」

「やめてくれ……」

准尉は蚊の鳴くような声で、ようやく言った。

「たしかに自分は万年准尉だ。しかし自分の母はデベソではなかった。耐え難い侮辱だ。

いいかげんにしてくれ」

「何事もいいかげんにせんのが俺の性格だ」

「ム……いやな性格だな」

「いやでけっこう。人に好かれる男などロクな者ではない。さあ、真実を述べよ。命令の発令者はタレか」

准尉は目がしらを押さえながら、ポツリと呟いた。

「S－2主任の草刈三佐だ。大河原の現況を調査報告せよと、命じられた」

「よけいなお世話だ、ヒマな奴らめ」

「主任はあれ以来、キミのことが気になって夜もオチオチ眠れないのだ」

「俺の復讐を怖れているのだな。フガイない」

「昨晩も当直司令室を覗いてみたら、低いマクラで寝ていた。半長靴をはいて、鉄帽を冠ったまま、毛布の下には拳銃を抱えていた。完全にノイローゼだ」

「当たり前だ、史上最強の下士官を国賊として葬ったのだからな。あの時俺の息の根を止めておかなかったのは、奴らの失敗だ」

「な、大河原君。主任もあれでは気の毒だ、サッパリしようではないか、な？」

「そうだ、サッパリしよう」

「よしよし、キミはいい男だ、やはりサッパリした性格だった」

「ではこれから、貴官に案内してもらう」

「ええっ、ど、どこへ？」

「決まっているではないか。精強をもって鳴る市ヶ谷第三十二連隊。俺たちの愛すべき原隊だ――おたがい、サッパリしよう」

安保の亡霊

大河原勲・元一等陸曹は見かけによらず、けっこう人の選り好みをする性格であった。軽蔑する人間はいくらでもいた。文民統制（シビリアン・コントロール）の行き届いた自衛隊の、おしなべて官僚化した幹部たちは全員その対象であった。それら軽蔑すべき将校団のうち、軍曹が最も忌み嫌っていたのは、連隊本部第二係主任の草刈丈治（じょうじ）三等陸佐である。

人間のエラさを説明するにあたって、半世紀前の称号を以てするのは何とも情けない話だが、その方がいまだに通りが良いのだから仕方がない。

つまり、昔でいえば、近衛歩兵連隊参謀・草刈丈治歩兵少佐である。これはエラい。六十過ぎの人なら、たいてい恐れ入ってしまうぐらいエラい。

しかも草刈三佐は防衛大学卒・幹部学校指揮幕僚課程（CGS）修了の超エリートで、これは昔でいえば陸軍士官学校・陸軍大学卒の「天保銭組（てんぽうせんぐみ）」であるから、同じ階級の中でも格別にエライ。よほどのヘマをしない限り、末は師団長・方面総監（つまり軍司令官）、いやうまくすれば陸上幕僚長（つまり参謀総長）にだって出世する。バリバリのキャリア族なのである。

さて一方、何の因果か西南（せいなん）戦争以来、四代続いたバリバリの下士官の家系に生まれた大河原軍曹は、当然のことながらエリートコンプレックスのかたまりであった。しかし、彼がこのエリート参謀ドノをことさら嫌った理由は、それだけのことではない。

草刈三佐はかつて、米陸軍士官学校（ウエスト・ポイント）に留学した経験を持つ。本物の軍隊の洗礼を受けた彼は、帰国後二十年たった今日でも、怖るべきアメリカンなのであった。

実はこの手合いは一個師団にひとりやふたりは必ずいるのである。すなわち、作業帽のかわりにグリーンベレーを冠り、レイバンのサングラスをかけてパイプをくわえ、上司の命令にはしばしば「イエッサー」などと答え、二言目には米軍の自慢をして自衛隊を卑下する、いわば「安保の申し子」であった。

時代の狭間に生まれた一種の奇型といえばそれまでだが、面と向かって「サージャント・オーカワラ」なんて呼ばれれば、わが軍曹の憤懣（ふんまん）やるかたなきものがあったのは言うまでもない。

たとえば営内ですれちがっても、軍曹はこの少佐ドノには決して敬礼をしない。欠礼をなじられれば平然として、

「米軍将校に敬礼するいわれはない」

などと言うのであった。

草刈丈治三佐が極度の強迫観念に襲われたのは、大河原一曹がたった一人の反乱を起こし、懲戒免職になってから間もなくのことである。

官舎への帰りみち、ビデオショップに立ち寄って「ランボー・怒りのアフガン」を借りた。それがいけなかった。自衛官には家に持ち帰るような仕事はない。部下やら上官やらが同じ官舎に住んでいるので、駅前の赤チョウチンにも寄れない。パチンコなんかなおさらできない。将校の夜は長いのである。

ヒマにまかせて見た「ランボー・怒りのアフガン」は、シリーズのどれにも増して面白かった。あまりの面白さに三度も見てしまった。一度目は単純に興奮し、二度目はスタローンを我が身に仮託してウットリし、三度目は大河原一曹を連想して、青くなった。

（あいつなら、やりかねん……）

フト、そう思ったとたん、彼の思考は停止した。

（いつか必ず、あいつは俺を殺しにくる……）

――以来、草刈三佐は毎晩、半長靴をはいて寝るようになったのである。

大河原勲・元一等陸曹は、冷凍人間となった准尉とともに、市ヶ谷駐屯地の衛門をくぐった。そこは軍曹にとって第二の故郷であった。

その日、駐屯地左内門（さないもん）の警衛隊は「印刷補給隊」であった。軍隊には神主と坊主以外、なんでもいるのである。

自衛隊の印刷物を一手に作成するという、てんで後方の任務を帯びたこの部隊は、略称を「印補（いんぽ）」といった。その名にふさわしく、隊員もてんで後方であった。おまけに近ごろではワープロとかカラーコピーとかいう先進の装備が一挙に導入されたものだから、隊員たちはたいした仕事もなくなり、いよいよインポになった。

で、青ざめた顔で衛門をくぐった老准尉の必死の目くばせにも、全然気づかなかった。かつて駐屯地の名物男であった大河原一曹の顔も、とうに忘れていた。慣れぬ警衛勤務に疲れた彼らの目には、婦人自衛官（ワック）の立派なケツばかりが眩しかったのである。

軍曹は准尉の背後にピタリと寄り添って、なんなく衛門を通過すると、左内門のすぐ脇にある連隊隊舎へと向かった。

折しも連隊主力は演習に出ており、ガランとした営内に残留しているのは、熱発患者と臨時勤務の飯炊き・風呂洗い要員と、教育中の新隊員だけであった。

第二係主任・草刈三佐は部隊当直司令として、連隊の留守を預かっていた。

大河原一曹は午後の営庭に立った。青春のありかを探すように、大きな靴のかかとで二、三度、砂を蹴った。

「お、おおかわらくん。いったいこれから、なにをする気だね……」

金しばり状態の准尉は、ようやく言った。軍曹は真顔で、玄関脇の当直司令室を指さした。ガラス窓の中には、すっかり寝不足の草刈三佐が、グリーンベレーをかしげ、レイバンのサングラスを鼻にかけて居眠りをしている。

「決まっているだろう。日本一ワイセツなあの男を、ブチ殺しに来たのだ」

「いかん、それはいかん。ひとごろしはいかんよ、キミ」

「キサマ、職業は何だ」

「自衛官だが」

「そうか。キサマの論理で言えば、たとえばトーフ屋はトーフを売ってはいかんのだな。消防士は火事を消してはいかんのだな」

「……わからん。キミのたとえ話はサッパリわからん。言語明瞭・意味不明だ」

「ひとの不明をなじる前に、まず己れの不明を恥じよ」

「あのな、軍曹。ボクは来年、定年なんだがねえ」

「それがどうした。定年はキサマの事情だろう。俺には関係ない」

「せっかく行政書士の資格も取ったのだがねえ。平穏無事に除隊したいと、そう思うのだが」

「ヘイオンブジ、だと？　一朝有事のためにある自衛官が我が身の平穏を希うとは、呆れて物が言えん。俺はまた、キサマの分まで二百万英霊に詫びねばならん」

南無妙法蓮華経、と軍曹は遥かな靖国の杜に向かって手を合わせ、踵を返して連隊の玄関に歩み込んだ。

玄関ホールに立ち止まり、軍曹は壁に掲げてある「連隊戦技十傑」のパネルを見上げた。そこには前年度の各種目競技会における成績優秀者の氏名が掲示されている。

「おお――俺の名が、まだあるぞ」

銃剣術・徒手格闘・持久走・六四式小銃射撃・拳銃射撃・機関銃射撃……どの戦技部門の第一位にも、重迫撃砲中隊大河原一曹の名が輝いていた。軍曹はしばらくの間、感慨をこめてパネルを見上げていたが、やがて溜息とともに視線を足元に辷らせた。

「こうして見ると、キミもたいしたものだったなあ……あれ、軍曹。泣いているのか？」

「いや、笑っている。俺の顔は昔から泣いた顔と笑った顔が同じなのだ。しばしば誤解される。葬式の時はことに困る」

「何がおかしいのかね」

「新隊員にこの大河原一曹という人物の所在を訊かれて、みんなどう答えるのかと考えたのだ」

　ううんと准尉はうなった。軍曹は続けた。

「ここでは力こそが正義だ。それが軍隊というものだ。少なくともそういう教育をしなければ建制（けんせい）の維持は困難である。ところが、その正義の象徴が法に背いてクビになった。どうだ、この矛盾は説明のしようがあるまい」

「確かに、その通りだな……」

「ではナゼいつまでも、こんなところに名を晒（さら）しておく。ナゼ撤去せんのだ」

「いや、それは――」、と言いかけて、准尉は一度口ごもった。ふと、老いた顔に、ほのかに軍人の硬い表情が顕われたのを、軍曹は見逃さなかった。いくつもの言葉を選ぶように躊（ためら）ったすえ、准尉は妙に重々しい声で呟いた。

「キミは理屈ぬきに強い兵だった。われらのあこがれだった。それは暗黙の真実だ。だから、誰もあのパネルをはずす勇気がない」

「なるほど——みんながいまだに俺を怖れる本当の理由はそれか」

「たぶん、そうだ」

「はずせ、こんなもの。はずしてしまえ」

軍曹はやり場のない怒りを吐き捨てるように、そう言った。

振り返って、当直司令室のノブを回す。椅子を倒して立ち上がる気配がした。軍曹は准尉の肩を摑んで室内に放り込んだ。

「わっ！　出たっ、出たっ！」

草刈三佐は叫び声を上げて、壁まではねのいた。とっさに腰のホルダーから拳銃を抜き出すと、両手で握把を支えながら軍曹に向けて突き出した。

「く、くるな、撃つぞ。怨霊退散！　消えろ、消えてくれ」

「まるで、幽霊だな……」

軍曹は開襟シャツのボタンを外すと、内懐からゆっくりとコルト・ガバメントを抜き合わせた。

「だが、そんな射撃姿勢は自衛隊にはない。こうして——」

軍曹は半身に構えると、左手を腰に当て、頬の高さからまっすぐに銃口を下ろした。

「わわっ！　撃つぞ、ほんとうに撃つぞ！」

「撃つなら撃つがいい。アメリカ仕込みのヘナチョコ弾に当たって死ぬような俺ではないわ。だがこっちはキサマの眉間を一発で射抜く。万に一つも撃ち損じはせぬ」

ニタリと軍曹は笑った。怖ろしかった。草刈三佐はポロリと拳銃を落とし、准尉は泡を吹いて床の上に気絶した。

軍曹は拳銃を構えたまま、ゆっくりと歩み寄り、三佐の迷彩服の背に銃口を押しつけた。三佐は言葉のはずみで、「撃てるものなら撃ってみろ」、と言おうとしたが、そんなことを口にしようものならこの男は迷わず撃ってしまうにちがいないと考え、ゾッとして言葉を呑んだ。

「おまえ、何をしているかわかっているのか」

「立小便をしているように見えるか」

「え？　いや、見えない。見えません」

「正解はな、ひとごろしをしようとしているのだよ。わかるだろう」

「わ、わかる。わかった、わかりました」

「わかったら、そのグリーンベレーとレイバンを捨てろ。日本人には似合わん、ワイセツだ」

ハイ、と素直に答えて、草刈三佐は帽子とメガネを取った。頭はハゲていた。思いがけずに睫毛の長い、つぶらな瞳であった。

「なんだキサマ。素顔のほうがもっとワイセツではないか。ゲ、気持悪い。やはり元通りにせよ」

軍曹はあたりを憚らず笑いながら、机の上に置かれた書物の表紙に目を止めた。

「ほう――二・二六事件と昭和軍閥。キサマ、らしくもない本を読むのだな」

「いや、それは当直室にあったものだ。もちろん私の趣味じゃない」

「そうであろう。キサマにはエロ本が似合いだ」

軍曹はそう言うと、書物のページをパラパラとめくった。深い眼窩の中で、ギラリと瞳が光った。

「おい、情報参謀ドノ。ここをちょっと読んでくれ」

「なんだ。私の趣味ではないと言ったろう」

「文句を言うな、さあ読め」

銃口を押しつけられて、草刈三佐はシブシブ軍曹の指し示した一節を読み始めた。

「ええと、決起趣意書。ギャッ、なんだこれは！」

「見ればわかるだろう。昭和十一年二月二十六日朝、青年将校が川島陸軍大臣に提示した決起趣意書だ。終戦の御詔勅とともに俺が座右の銘とする大文章である」

「座右の銘だと、おまえ、すげえ趣味だな」

「このふたつの文章が学校の教科書に載っていないのは甚だ遺憾だ。そうは思わんか」

「思うわけないだろう。おまえ、自殺未遂のショックで少しはマトモになったかと思ったら、なおひどくなったな」

「自殺ではない、自決と言え。さあ、続けよ」

草刈三佐は言われるままに文頭を読み始めると、たちまち押し黙った。

「謹んで、ええと、謹んで、謹んで新年の、じゃなかった、ええと……」

「ん？　ああ、字が読めないのか。しようのない奴だな。謹んで惟るにわが神州たる所以は——何してる、フリガナをふらんか」

ハイ、と三佐はボールペンでフリガナを書き込んだ。

「いいか、ひととおり読んでやるから、まあ座れ」

二人はスチール椅子に向き合って座った。

「横文字の勉強ばかりしているから、こういう時に困るんだ。十分に予想される事態ではないか」

「そうかな……ゼンゼン予想していなかった」

「さあ、行くぞ——万世一神たる天皇陛下御統率の下に、挙国一体生成化育を遂げ、終に八紘一宇を完了するの国体に存す――どうだ、いいだろう」

「そうか？　そうかなあ……何だね、そのハッコーイチウというのは」

「おお、いい質問だ。さすが防大出はちがう。八紘一宇とは、世界中の民族が協和して、平和な統一世界を実現しようという思想のことだ。天祖肇国以来かわらぬ我が理想である。わかるな」

「わ、わからん。いよいよわからん。テンソチョーコク、日本語か、それは」

やれやれというふうに、軍曹は頭を掻いた。

「いちいち解説しておったのでは時間がない。先を急ぐぞ」

「え。時間がない……どういう意味だ」

軍曹は拳銃を構えたまま、西日の差し入る窓から、遥かな方面総監部の屋上にひるがえる日章旗を見つめた。

「時間がないのだよ。日本にも、キサマの命にもな……」

草刈三等陸佐はスッと血の気を失い、口を押さえるとたまらず床の上に嘔吐した。

名を惜しむ者

ピスケンが電話を受けたのは、軍曹と別れて銀座の砦(アジト)に戻った直後のことである。

「どうした軍曹。まさかあの年寄りのスパイを、ブチ殺しちまったわけじゃねえだろうな」

「いや、半殺しにはしたが、まだ息はしておる。じきに定年だそうだし、余命いくばくもないであろうから勘弁してやった。それよりひとつ頼みがある。協力してくれ」

「おう、なんだ。市ヶ谷へカチ込めってか、上等だ、行ったろうじゃねえか」

「待て、そうではない。いいか、まずヒデさんに言って、顔の利く新聞社と放送局に連絡をとってくれ。三十分後に、市ヶ谷駐屯地の正門に取材に来いと」

「ふうん。面白そうだな」

「で、ケンちゃんは知り合いの右翼団体を集めてくれ、できるか?」

「できるか、だと?　ナメんなよ。なんならご希望の頭数だけお揃えしやすが。千人か、一万人か!」

「いや、あまり大ゴトになってもなんだから、街宣車で三十台ぐらい」

「……大ゴトじゃねえか。わかったよ、いいヒマつぶしになりそうだな」

「よおし、じゃあきっかり三十分後、正門前に集合だ」

当直司令室でのリハーサルを終えると、軍曹は壁に掛かった作業外被を手に取った。

「これは、俺には似合わん」

外被を羽織ると、軍曹は笑いながら三等陸佐の襟章を指でつまんだ。

草刈三佐はびっしりとフリガナをふられ、さらに軍曹の手で校正を加えられた「決起趣意書」を両手で開いたまま、半ベソをかいて軍曹を見上げている。

「さて、でかけるか」

「でかけるって、どこへ？」

軍曹は彫像のように無表情な顔をそむけたまま、質問には答えなかった。

「むしかえすようではあるが――」、と軍曹は言った。

「俺が師団長ドノに意見書を出して自決を図った時、キサマたしかあの部屋にいたな」

「いた。だが、私は――」

「言い訳は良い。問題はあの意見書がその後、どうなったか、だ」

「さあ、私は知らない」

「宛名は内閣総理大臣閣下、となっていた。宛先には届いたのかな」

「バカな。そんなこと常識で考えてみろ」

軍曹はいきなり三佐の胸ぐらを摑み、肋骨のすきまに銃口を捻じ込んだ。

「常識だと？　キサマらのその常識のために、若い隊員が血を流すのかも知れんのだぞ。キサマらの命令は否も応もなく隊員を動かす。隊員の意見書が命令系統の中途で握りつぶされるとはどういうことだ」

「知らん、俺は知らん」

「情報幕僚たるキサマが知らぬ筈はない」

軍曹は荒々しく草刈三佐を突き放した。

「どこへ行くんだ、これから」

「大事な意見書を失くした責任を、とってもらう。それは起草者たる俺の、当然の権利だ」


営庭は静まり返っていた。

粗い砂の感触をあしうらに感じながら、三佐は何度も駆け出そうとした。しかしそのつど思い出すのは、実弾射撃のたびに人々の舌を巻かせる、大河原一曹のスゴ腕であった。拳銃でも小銃でも、彼の標的はほぼこぶし大の範囲に全弾を収束させていた。まるで一発の砲弾が通過したように見える人型標的が頭に甦ると、三佐の足は凍りついた。

二人は営庭を横切り、弾薬庫を経由して表門へと向かう道筋の、通称「地獄坂（じごくざか）」を下って行った。

「殺しはせぬ。だが、死ぬよりつらい経験をさせてやる――」

軍曹はみちみち、グリーンベレーの肩越しにそう囁いた。

坂を下り切った谷底に、鉄条網に囲まれた弾薬庫がある。部隊当直司令の紅白のタスキを発見した歩哨は、六四式小銃を立て銃（たてつつ）にして敬礼をした。

「弾薬庫歩哨、服務中異常なし」

軍曹は三佐の背を軽くつついた。

「おい……答礼をせんか」

草刈三佐は思いついたように挙手した。

「あ、ごくろう。引き続き服務せよ」

若い隊員は連隊の幕僚に寄り添って歩く軍曹を、私服巡察中の幹部だと勘違いしたらしく、銃を担うと軍曹に向かってもう一度、挙手の敬礼をした。

「やあ、ご苦労さん。部隊はどこか」

「ハッ、印刷補給隊です」

「そうか、慣れぬ勤務で大変だな。自分は土浦武器補給処の大河原三佐である。東部方面総監の命により、これから武器点検を実施する。銃と弾薬を貸せ」

ハッ、と若い隊員は鉄条網のすきまから、実弾のパッケージと小銃の床尾を差し出した。軍曹は銃を受け取ると、控え銃の姿勢で槓桿を引き、薬室を覗き込んだ。ギョロリと怖ろしい形相で歩哨を睨み返し、軍曹はいきなり怒鳴った。

「なんだっ、この銃は！　遊底に錆が出ているではないかっ、気ヲ付ケッ！」

歩哨は直立不動になった。

「休メッ！　気ヲ付ケッ！　これより腕立て伏せ百回、屈み跳躍百回、別命あるまでその場に正座しておれっ、このバカモノッ！」

怖れ入った歩哨は、わけもわからずに腕立て伏せを始めた。

振り向いて歩き出しながら、軍曹は六四式小銃の弾倉に、てぎわ良く五発の実弾を装塡した。

「おい、なにをする気だ」

「拳銃では心もとないからな。その点、こいつなら三百メートル離れても、キサマのサングラスの片目だってピッタリ狙い撃てる」

「ピ、ピッタリ片目を……」

「そうだ。七・六二ミリ弾五発、全弾命中。脳ミソグシャグシャだ。だが——俺の言うとおりにすれば、殺しはせん」

「言うとおりにする！　する、する。何でもする。歌も唄う、踊りも踊る。何ならケツも貸す」

「そんなものいるか。いいか、表門を出て正面に立ち、回れ右。本を開いてさっきのところを大声で読み上げてもらう。読み飛ばしたり、声が小さかったり、不審な動きがあったら、殺す。決して撃ち損じはない。了解か」

草刈三佐は歩きながら泣き、泣きながら嘔吐した。もうボロボロであった。

「やだ、やだ。そんなのやだ！」

「いやならこの場で殺しても良い。かわりはいくらでもいる。もともと俺はさっきまで、キサマをブチ殺すつもりだったのだ」

「やだっ、それもやだッ！」

「あれもいや、これもいやでは、パパはどうして良いかわからん。さあ、命を捨てて名を取るか、名を捨てて命を拾うか、どっちだ」

「どっちも……いやだ」

草刈三佐の声は次第に細くなり、ついに押し黙った。真っ白になった頭の中には、日章旗と星条旗とが幾旒も、パタパタとはためいているばかりであった。

「どうだ。死ぬほどつらかろう。こういう選択は日本人にしかできぬはずだからな。西洋人は名と命を秤にかけるようなマネはせぬ」

「わかった。よおく、わかった。わかったからもういいよな。な？」

「いや。キサマはまだ頭で理解しただけで、体で理解したわけではない。それではわかったうちに入らん。それに——俺はまだひとつわからんのだ。キサマがいったい日本人なのか、アメリカ人なのか」

なにやら騒々しい表門を見下ろす坂の上に立って、軍曹は草刈三佐の背を押した。

「私は、日本人だ」

「さあ、どうかな。それはキサマ自身、良くはわかっていないのではないか。だが、もうじきハッキリする。さあ、行け」

軍曹は三佐が歩き出すのを待って、道路脇の樹林に身を潜めた。そしてひときわ枝の張った大木の根元で、正確な、教本通りの座り射ちの姿勢をとった。

「しかしまあ、ずいぶんハデに集まったものだなあ」

表門前の路上に停めた街宣車の屋根の上から、広橋秀彦はハチの巣をついたような靖国通りの喧噪を眺めた。ピスケンが冷えた缶ビールを両手に持って、ハシゴを昇って来た。

「ホイ、岩松のオヤジから差し入れだ。妙なところで気をつかいやがる、缶ビールをトラック一杯つんで、みんなに配っているんだぜ」

特製の缶には日の丸が印刷され、その下に天政連合会の代紋とともに、「金丸産業株式会社・岩松円次」と、大仰な書体で書いてある。

「こないだ田之倉のオジキがあんなことになっちまって、一躍、次期総長の本命になったからな。宣伝にもカネをかけるんだろう」

「広告宣伝費で落ちるんじゃないか。金丸産業は儲かっているから」

広橋は立ち並ぶ旗やら幟やらを見渡して、冷えたビールをひとくち飲んだ。

「落ち着かねえな、ハデならいいってもんじゃねえと思うけど。あ、また来やがった」

巨大な日の丸をはためかせ、大音量で軍歌を流しながら街宣車は続々と集まって来る。

「俺ァ知らねえぞ、どうなっても」

「僕も知らないよ。あ、機動隊」

駐屯地の外柵に沿って、物々しい戦闘服で身を固めた機動隊の一団が、足並を揃えて走って来た。通りに面したビルの窓や屋上は弥次馬で鈴なりである。表門を囲むようにしてテレビ局の報道車が列び、あちこちにキャタツが立てられ、すでに気の早いカメラマンはフラッシュを焚いている。事情のわからぬレポーターがマイクを持って人垣を走り回っている。

「要するに日本中ヒマなんだね」

「近ごろのニュースは一千億だの二千億だのって、ちっとも身近じゃねえからな。わかりやすいネタを探しているんだろうぜ――あれ、何だか偉そうな奴が来やがった」

迷彩服にベレー帽を冠り、サングラスをかけ、腰に拳銃を吊った将校が門の中に姿を現わした。警衛隊は将校に正対して、一斉に敬礼をした。

「ヤンキーか？」

「いや、自衛官だね。ここに駐留軍はいない」

「それにしちゃ節操のねえ野郎だな」

将校は何となく油の切れたような、おぼつかぬ足取りで門を出ると、半長靴をカツンと鳴らして回れ右をした。警衛隊は呆っ気に取られている。

「おっ、何か始めるぞ」

広橋はかたわらで幟を支えている若い者の首から、双眼鏡をもぎ取った。

将校は迷彩服のサイドポケットから何やら書物を取り出し、まるで表彰状でも読むかのように目の高さにかざした。報道陣が殺到した。

「おい、マイクあるか。ワイヤレス」

ハッ、と若い者は幟を下ろしてハシゴを飛び下りた。広橋は身を乗り出して門前を指さした。

「あの将校の声をとれ。ボリウム一杯にして中継するんだ」

若い者は人垣を突き崩して、将校の前にワイヤレスマイクを差し出した。街宣車は一斉に軍歌のテープを止め、群衆の目は一点に注がれた。

「――決起趣意書」

スピーカーから第一声が流れると、一瞬、間を置いて、居並ぶ街宣車からドッと拍手と喚声が上がった。同時に、門の中に集まった自衛官たちからどよめきが湧き起こった。

「謹んで惟るに我が神州たる所以は、万世一神たる天皇陛下御統率の下に、挙国一体生成化育を遂げ、終に八紘一宇を完了するの国体に存す。この国体の尊厳秀絶は、天祖肇国、神武建国より明治維新を経て益々体制を整え、今や方に万邦に向かって開顕進展をとぐべきの秋なり――」

将校はいちど天を仰ぎ、息をついた。

「なんだ、ありゃあ。わかるかヒデさん」

「わからない。だが、ずいぶん名文だな」

将校は続ける。

「――然るに頃来ついに不逞兇悪の徒簇出して、私心私欲を恣にし、至尊絶対の尊厳を藐視し、僭上これ働き、万民の生成化育を阻碍して、塗炭の疾苦に呻吟せしめ――」

そうだ！　その通りだっ！　とあちこちから声が上がった。

「――いわゆる財界、官僚、政党はこの国体破壊の元凶なり。資本主義の根幹たる銀行、証券界の堕落、それに結託せる資本家の横暴は、ひとえに金権腐敗政治の社稷に及ぼせる罪禍にして、この構造を今正さずんば、累は深く教育文化に及び、子々孫々の代に至っては正邪の分別も虚しき餓鬼界を現出するに由なし――」

将校は時折、首をすくめるようなしぐさをして、右手前方に顔を向ける。広橋はその視線を追い、高台の樹下に腰を落としてライフルを構える人影を発見した。

「どうもデキが良いと思ったら、あいつは人形か」

広橋はそう呟いてピスケンに双眼鏡を手渡した。

「時あたかも湾岸戦争の勃発に伴い、我ら同志はあるいは後方支援、あるいは掃海任務、あるいは国連協力の名の許に万里征途に上らんとす。もとより戦地に屍を晒すは我が武人の本懐と雖も、世界に冠たる平和憲法を放擲し、不戦の誓文たる第九条を反古にせんとする亡状、顧て憂心うたた禁ずる能わず。如何に国際協和の大義に死すとも、我ら一同冥府に於て二百万英霊に何をか相見えんや。ここに同憂同志軌を一にして決起し、国体の擁護開顕に肝脳を尽くし、以て神州赤子の微衷を献ぜんとす。皇祖皇宗の神霊こいねがわくは照覧冥助を垂れ給わんことを。

平成三年七月二十日

陸上自衛隊三等陸佐　草刈文治」

将校は檄文を一気に読み終えると、パタリと本を捨て、サングラスをはずした。遠い目でぼんやりと右手の丘の上を見、それからゆっくりと腰のホルダーから拳銃を抜き出した。

「やっ、あいつ死ぬ気だぞ」

ピスケンは飲みさしのビールを投げ捨てて身を乗り出した。将校めがけて警察官と警衛隊が押し寄せ、それを阻もうとする右翼の一隊と乱闘が始まった。

「殺すな、そいつを殺しちゃならねえ！」

ピスケンの叫びが届いたかのように、人垣を破った警察官が将校の右腕を捉えた。一発の弾丸はすんでのところで、澄み渡った夕空に撃ち込まれた。

「撃てっ、殺せ、殺してくれ！」

殺せ、殺せとわめきながら、将校は機動隊の青い戦闘服に組み敷かれた。

広橋は軍曹の姿を探した。丘の上の、うっそうと葉を繁らせた大樹の陰には、一丁の六四式小銃が黒い精悍な銃身を幹にもたせて、立てかけられているだけであった。

ピスケンと広橋は街宣車を飛び降りると、人波に逆らって濠端の道を逃れた。

「やべえな。ヒマつぶしにしちゃ、ちょいとやりすぎじゃねえか」

サイレンを鳴らして行き交うパトカーから、思わず顔をそむけて、広橋は言った。

「まったくだ。だが、あの男の言っていたことは、けっこうマトモだったよ」

「俺にゃ何が何だか。サッパリわからねえ。誰もわからねえんじゃねえか」

「要するに軍曹は、古い物が何でも誤りで、新しい物なら何でも正しいとする社会を、ああいう方法でたしなめたんだ。たいしたもんだよ。立派なジャーナリストさ」

広橋は話しながらタクシーを止めた。ガードレールをまたぎかけて、ピスケンは思いつめたようにドアを押さえ、車内を覗き込んだ。

「どうした、ケンちゃん」

「ああ――先に帰っていてくれ。用事を思い出した」

「用事？　おい、時と場合を考えろよ」

「いいんだ。どうも俺ァ、短気でいけねえ。ついさっき軍曹をゲス呼ばわりしちまった」

ドアを閉めると、ピスケンはタクシーの尻を叩いて舗道を歩き出した。

「用事なら早いとこ済ませろよ、ケンちゃん」

窓を閉めかけて、広橋は言った。手を上げて車を見送ると、ピスケンは歩きながらタバコを一服つけた。

風の凪いだ、暑い夕暮れである。大儀そうに首をかしげて煙を吐き、ピスケンはどうしても済ませておかねばならない用事について、真剣に考えた。

（六十四センチの帽子と、三十センチの靴か。三越だって商売だ、金さえ積みゃあイヤとは言うめえ――）

パパはデビル

天使と悪魔

父兄を交えての写真撮影が了えるのを見計らって、広橋秀彦は会場の扉を押し、ロビーへと出た。

父親を目ざとく見つけて、美也は駆け寄って来た。ドレスの胸に抱えた祝福の花束に笑顔をうずめて、少女は言った。

「来てくれたのね、パパ。記念写真、終わっちゃったよ」

「もう、いいのか」

美也は肯いて、ロビーの人混みに手を振った。ピアノ教師らしい女性が微笑み返し、広橋に気づいて頭を下げた。軽く会釈をしたなり、広橋は娘の肩を抱いてホールを出た。

秋風の立つ、心地良い夕暮れである。

「誰も来てないと思って、ガッカリしてたの」

「とても上手だったよ。パパが見えなかったのか」

「ステージからは何も見えないの。眩しくって、客席はまっくらだし」

亡父の法要と重なったので、娘のピアノ発表会に行ってくれないかと妻からの連絡があったのは、当日の朝であった。わかりきった予定であろうに、出がけになって娘が駄々をこねたに違いない。歩きながら、広橋はためらいがちに訊ねた。

「おとうさんでも良かったんじゃないか」

「ダメよ。おとうさんは音楽なんて全然わからないもの。やっぱりパパじゃなきゃ、だめ」

「ママを困らせちゃいけないな」

横断歩道で差し出された父の手を握り返しながら、美也は言った。

「それに、おとうさんはおじいちゃんの法事に行かなければならないし、まさかパパは行けないでしょう。今朝、ベッドの中でいろいろと考えたら、やっぱりパパに来てもらうしかないなって、そう思ったの。ねえパパ、それしかないでしょう」

聡明な子供だと、広橋は得心した。

美也をハンバーガーショップに誘うのは、見知らぬ女を誘うのと同じぐらいの勇気が必要だった。娘は不器用な言葉を待っていたかのように、父の手を引いて混雑した店に入って行った。

「ハンバーガーを食べるのも、パパとじゃなきゃ、イヤ」

大人びた口調で美也は言う。言いづらいほど冷ややかに言ってのけるあたりは母親ゆずりだ。この娘は父母からそれぞれの最高の部分を受け継いだのかも知れないと、広橋は思った。

「おとうさんは、連れて来てくれないの？」

「イヤなの。だってあの人、ビッグマックをいっぺんに二つも食べるの。信じられる？」

娘が新しい父親を「あの人」と呼んだことについて、広橋は一言とがめようとしたが、それは自分に対する精一杯のサービスのようにも思えて、口にするのをやめた。

「ねえパパ。私って、偉い人になるかも知れないね」

フライドポテトをほおばりながら美也は言う。

「だって、こんなに不幸なんだもの。偉い人って、みんな子供のころ、苦労しているじゃない？」

思わず父の顔が曇ると、娘は笑って繕うのである。

「冗談よ、パパ。冗談。そんな困った顔しないでね」

いや、もしかしたらこの娘は、父母からそれぞれの最低の部分を受け継いでしまったのかも知れないと、広橋は思い直した。

——それにしても、わずかの間に何と成長したことだろう。美也は自分自身の置かれている社会的な立場を、全て理解している。たぶん、ステージから父の姿も認めていたに違いない。そして、記念写真を撮り了えるまで、知らんぷりをしていたのだろう。新しい家族のアルバムに、不適切な写真を飾らぬために。

「ところでパパ、いま何のお仕事しているの?」

広橋はあわててコーヒーを膝の上にこぼした。美也はポシェットから小さなハンカチを取り出すと、テーブルをめぐって父の膝を拭いた。

「ハンカチ、持ってないんでしょう」

「ああ、忘れてきた」

「ダメじゃないの。男は何といっても清潔でなけりゃ。そんなことじゃ恋人もできないわよ。ママの思うツボだわ」

「あ、ああ。そうか、そうだな。思うツボだ」

「だったらちゃんときれいにして、仕事も見つけなくちゃ。東大卒が泣くわよ」

「そ、そうだ。パパは東大だ。しっかりしなきゃいけないんだ」

「そうよ。仕事もない、家族もないなんて、まるでユウレイじゃない」

「ユ、ユウレイ。それはおまえ、ちょっと言い過ぎじゃないか」

「父親っていうのは、娘に言われるのが一番キクんですって。だからあえて言うのよ。これも愛情よ。どう、キク?」

「キク。キイた……それにしてもおまえ、ママそっくりになったな」

「そりゃそうよ、実の娘だもの。でも、ママも言うわ。それにしてもおまえ、パパそっくりだね、って」

それから二人はウリふたつの丸顔を並べて、黙々とハンバーガーを食った。食べ終えると美也は楽しそうにコーラを飲み、両手をテーブルの上で鳴らして、ピアノを弾くしぐさをした。

「来年も、来てくれる、パパ」

「ああ、来年は中学生か」

「なんだか、七夕さまみたいだね、パパと私」

広橋は言葉につまって、見えない鍵盤を叩き続ける娘の美しい癖を、黙って眺めた。仕事もない、家庭もない、幽霊のような存在――父の背に刃物を突き立てたような言葉であった。広橋は帰るみちみち、何度となく掌や足元をじっと見、街なかのショウウインドウに姿を映してみた。

砦には誰もいなかった。それでも経費を節減する理由など何もないビルディングの内部には、良く冷えた清浄な空気が満ちており、無用の照明が煌々（こうこう）と照り、バスルームには湯が溢れていた。

ラウンジで冷えたアウスレーゼを呷(あお)り、「仕事なら、あるさ」とひとりごちて、広橋は三階に下りた。

ワイングラスとボトルを提げて、静まり返った廊下を歩く。突き当たりにローズウッドの扉がある。獅子の頭を象(かたど)ったノブを回すと、広いコンピュータ・ルームがひらけた。

劇場の構造を持った室内の、緩い階段を降り、百インチスクリーンの前の革張りのオペレーターシートに座る。

アウスレーゼをグラスに満たし、かたわらのライン・プリンターの上に供(そな)えると、広橋はスクリーンに微笑みかけながら、キーボードを叩いた。

「GOOD・EVENING・PRIME(プライム)。さあ、続きを始めよう。今日はヤル気十分だよ。いつものように君とオセロをしているヒマはない」

オペレーター席を中心にして、プリンターやコンソール・システムが配置され、モニタースクリーンの両脇には巨大な中央処理装置(C・P・U)と補助記憶装置が列んでいる。

広橋秀彦はこの砦にたてこもって以来、すべての夜をこのプライム770・メインフレームに捧げて来たのであった。

彼を陥れた巨悪の首魁(しゅかい)を倒すには、もはやこの方法しかないと確信したからである。

ネクタイをはずし、ワイシャツの袖をたくし上げると、彼は「仕事」を始めた。一冊の英文マニュアルと、あり合わせの知識だけで、目的が果たせるなどとは彼自身、思ってはいない。しかしとりあえず、「仕事」はこの方法しかないのだ。

キーボードに向かう広橋の童顔は、まるで別人のそれのように険しい表情に変わっていた。

「HELLO！　PRIME。きょうもがんばってるじゃないか」

〈天使(エンジェル)〉は午後九時きっかりに姿を現わした。軽やかな翔(はばた)きのように、スクリーンにメッセージが躍る。

「HELLO、ANGEL(エンジェル)。夏休みの宿題は終わったかね」

「サッパリさ。もうあきらめた」

「まだあと二日あるぞ」

「そうは言うけどプライム。僕にとっちゃ英作文や方程式は、ペンタゴンのセキュリティを破るぐらい難しいんだぜ」

毎夜、午後九時から、こうしてスクリーンボードの上で電子会話を交わすのが二人の日課である。何の手がかりも捉(つか)めぬ「仕事」の合間に〈天使〉が現われると、広橋はホッと一息つくのであった。

「コンピュータをいじくっているヒマがあるのなら、宿題をやりたまえ」

「ヤレヤレ、パパと同じことを言う」

「誰だって同じことを言うさ。さあ、きょうはもう帰って、宿題をやりなさい」

闇の向こうの見知らぬ〈天使〉は、ふてくされぎみに「い・や・だ・よ」と打ち返して来た。

「それよりプライム。これから証券会社のメインフレームに遊びに行かないか。ノムラのアカウントがひとつ手に入ったんだ」

「ほう、面白そうだな。だが遠慮しておく」

「どうして？　例の騒ぎで相手の商売はすっかりヒマだから、オペレーターだってボンヤリしているさ。チャンスだぜ、行こうよ」

「だからイヤなんだ。今ごろノムラのメインフレームは弥次馬であふれ返っていて、誰に出会うかわからないからね。税務署にも銀行にも投資家にも、おおぜい知り合いがいる」

〈天使〉は一週間前、突然プライム７７０に侵入してきた。イメージで言えば、データのギッシリ詰まった、しかも休眠状態のメインフレームに迷い込んでウロウロしているうちに、オペレーターの広橋とハチ合わせしたのだ。〈天使〉も驚いたろうが、広橋はもっと驚いた。電話回線を通じてよそのコンピュータに侵入する、ハッカーといういたずら者のことは知っていたが、そんな輩が目の前に現われるとは思ってもみなかった。

（逃げなくてもいいよ。どうせこっちもヒマなんだ）、と広橋はやさしく呼びかけた。そういう人種についての興味もあったが、何よりもプライム770のセキュリティを破ってきた侵入経路を知りたかった。しかし〈天使〉はひとこと（ゴメンナサイ）と書き置いて、消えた。

彼が再びプライム770を訪れたのは、翌る晩の同じ時刻であった。

〈ごめん下さい。ゆうべはどうも。べつに悪気はなかったんです。ギ、ギ、ギンザってパスワードを入力したら、偶然はいっちゃって〉

〈いいよ。実はこの会社は只今休業中。おかげでオペレーターの僕は毎日プライムとオセロをやっているのさ。いつでも遊びに来なさい。何か使いたいソフトはあるかね？〉

〈え？　いえ、けっこうです。気が向いたら、また来ます。じゃあ〉

翌日も、その翌日も〈天使〉はやって来た。逆探知される怖れがないと知ったのか、接続時間も次第に長くなった。

広橋はプライムに侵入した手口を、何とか聞き出そうとした。しかし〈天使〉は「偶然迷い込んだ」と言い張る。

確かに新世代のシステムに較べれば、プライム770のセキュリティは「年増の貞操」には違いない。だが、映画でもあるまいに、偶然手に入れたアカウントに、偶然「ギンザ」というパスワードをログインして、たちまちハッカーの侵入を許すほど甘くはあるまい。

〈天使〉は彼の実力でプライムのセキュリティを突破してきた腕利きのハッカーにちがいないと、広橋は確信した。

「アーア、つまらない。きょうはみんな宿題に追われていて、誰も話し相手になってくれないんだ。しょうがないな、僕もそうするか。じゃあ、プライム、GOOD・LUCK」

「ちょっと待てよ、〈天使〉」

広橋は帰りかける〈天使〉を呼び止めた。

「宿題、手伝ってやろうか」

「え？　ほんとかよプライム」

「ああ、すぐ送りたまえ。ただし工作なんていうのはダメだぞ」

「ラッキー。わかった、すぐ送る。方程式のプリントが五枚と、『マイ・ファミリー』っていう題の英作文」

「マイ・ファミリーだって？　おいおい、僕は君の家族どころか、本名だって知らないんだぞ」

「そうだったね、じゃあ教えておく。パパはある会社のシステム・オペレーター」

「なんだって？　本当かね」

「ああ、本当さ。たいした腕じゃないけどね、筑波大学の研究室からマサチューセッツ工科大にとらばーゆして、三年前にまた日本の会社にヘッドハンティングされた。要するに僕のハッキングもアメリカ仕込み、っていうわけ」

「すごいじゃないか」

「肩書だけはね。システムのセキュリティにかけては権威だそうだ。でもその権威がどの程度のものか、パパの作ったプログラムをひとめ見ればわかるさ。時代おくれの石頭、いまだにノイマンの亡霊にとりつかれているような奴だよ」

「ママは？」

「いない」

「いない？」

「ああ。パパがそんな奴だから、男と逃げた。知ってるぜ、その男。善人ヅラして校門で待ち伏せしていやがった。一緒に暮らそう、だって。好意はわかるが、僕はイヤだね、ああいうアナログな奴は。あれならまがりなりにもデジタルなパパの方がマシさ」

広橋はいくぶん我が身につまされて指先の動きを止めた。〈天使〉は続ける。

「ちょっと余計な話だったな。学校にはそんなこと内緒だよ。ママはＰＴＡにはちゃんと来てくれるし、すげえ美人だぜ、おまけに上智の外語だ」

「ええと、待てよ、メモするから。ソフィアの外語卒で、すげえ美人、と」

「そんなところで十分だろう。あとは適当につなげて、レポート用紙二枚以上。いいかな？」

「わかった。じゃあ二時間後に、また」

「たった二時間でいいの？　さすがはメインフレームのシスオペだね。じゃあその間に、僕はちょっくらノムラに行ってくる。損失補塡の裏リストでも見つけたら教えてやるよ。ＧＯＯＤ・ＬＵＣＫ・ＰＲＩＭＥ！」

まもなくプリンターから吐き出されてきた数学の問題用紙を見て、広橋は面くらった。それはどう見ても、中学一年か二年の宿題だったのである。

二時間後、電子メールで方程式と英作文を送り返すと、〈天使〉はすぐにメッセージを打ち込んできた。

「すごいやプライム。ありがとう」

「英作文はそのまま提出しちゃダメだぞ。なるべくやさしい単語と構文を使ったけど、もしかしたら君がまだ習っていないものもあるかも知れないし」

「わかった。なんだか、悪いな」

「ところでエンジェル。かわりに、と言っては何だが、ひとつ頼みをきいてくれないか」

「なんなりとプライム。こっちはもう、ペンタゴンをハックしたみたいな気分さ。なんだい、頼みって」

「ネットワークを相手に、ひと仕事してもらいたい」

「いいね。お安いご用だ。で、相手は？」

「リバティ・ネットワーク。ＬＩＢＮＥＴ（リブネット）にアクセスしたい」

モニタースクリーンの〈天使〉は一瞬、沈黙した。

「どうした？　君ならできると思ったんだが」

「そりゃあ、できるけど——ねえ、プライム。リブネットだったら、正規に入会してアカウントをもらえばいいじゃないか。二十歳以上でクレジットカードを持っていれば、誰でも入れるよ」

「いや、そうじゃない」、と広橋は一呼吸おき、ゆっくりとキーボードを叩いた。

「リブネットのすべてのデータを消去したい」

「なんだって、消去？　クラッシュさせるのか」

「そうだ。リブネットの全プログラムを初期化（イニシャライズ）するんだ。そしてシステムを完全にダウンさせる。永久に、だ」

「NO、NO！　とてもムリだよ、そんなこと」

「やれるだけのことはやってくれ。責任はすべて僕がとる。プライムの機能を使ってもかまわない」

「いや、それは必要ないけど。プライム、君も試してみたんだろう。あのセキュリティ・システムはハンパじゃないよ」

「ああ知っている。まる半年、ずっとトライしてきたんだ」

「まともに挑戦したら、三十世紀のハッカーだってたちうちできない。なにしろ現在のところ世界最高のセキュリティだからね。まず第一に、ユーザーはパスワードを使わずに、パスフレーズを使っている」

「パスフレーズ？」

「そう。つまり『ギンザ』なんていう単純なパスワードじゃなくって『銀座の柳は風にそよぐ』なんていうふうに、助詞でつなげたパスフレーズを登録させているんだ。偶然にしたって当たりっこないさ。第二に、テイミスのＡＩは」

「テイミスのＡＩ？」

「リブネットのスーパーコンピュータの名前だよ。ＪＡＸ２００１テイミス。そのテイミスの人工知能（ＡＩ）は、音声認識システムを搭載しているんだ。あらかじめ登録してあるユーザー本人の肉声を識別できるのさ。つまりパスフレーズを入力させたうえで、氏名を口で言うように指示する。本人以外は決してアクセスできないって寸法だ」

広橋は〈天使〉の知識に舌を巻いた。〈天使〉は続ける。

「それだけじゃないぜ。第三の関門は最新式のコールバックシステム。これはログインと同時に逆探知をして、ユーザーの所在位置を確認してしまう。近ごろはやりの、ブックパソコンと音響カプラを使って公衆電話からアクセスしようなんていう妙手も、使えないってわけさ」

「信じられない。完璧なセキュリティだ」

広橋の体から力が脱（ぬ）けた。自分の生半可な知識などが通用するシステムではなかったのだ。半年間の夜が、どっと押し被さってくるような気がした。それはやはり「仕事」と呼べるものではなかった。ひとりで水際に築こうとした、砂の城だったのだ。

「僕は、やっぱり幽霊だったのかも知れない」

と、広橋はひとりごとのように、ぼんやりとキーを叩いた。

「幽霊？　それ、どういう意味」

「娘にそう言われたんだ。仕事も家庭もないから、幽霊だって。その通りだな、僕がこの半年やってきたことは仕事じゃなかった」

「そう落ちこむなよ、プライム」

二人はログインしたまま、長い間、黙りこくっていた。

「ありがとうエンジェル。あきらめがついたよ。当分システムはシャットする、いずれまた会おう。GOOD・LUCK・ANGEL、おやすみ」

「待って！　プライム」

スクリーンの上で〈天使〉が叫んだ。広橋を引き止めるように、すばらしい早さで文字が打ち出された。

「ひとつだけ、手がある。仲間をひとり、紹介しておく」

「誰だい、それは」

「奴ならできるかも知れない。〈悪魔〉。クラッシャー・デーモン」

「ああ、前に新聞で読んだな。十三日の金曜日になると、大企業のデータを壊しに来るっていう、謎のハッカーだろう。知り合いか？」

「知り合いってほどじゃないけど、コンタクトはとれる。あるアンダーグラウンドの電子掲示板に呪文を書いておくと、出てくるらしい。望みは何でもきいてくれるんだ。そのかわり――」

「そのかわり？」

「代償として、依頼人のデータもついでに破壊してしまうという噂だ。だから誰も付き合わない」

「ほう。頼み事をするほうは、悪魔に魂を売るっていうわけか。シャレてるな」

「その覚悟があるなら、紹介するけど」

「ああ、かまわない。ぜひコンタクトを取ってくれ。一晩中、システムは開けておく」

「わかったプライム」

「もうその呼び方はやめてくれないか。仕事も家庭もない幽霊さ」

「GOOD・LUCK・GHOST。おやすみ」

「頼んだよ。GOOD・LUCK・ANGEL」

ログオフすると、広橋はオペレーターシートに体を沈めた。ゆっくりとシートを回す。静まり返ったコントロール・ルームをひとめぐり見渡し、夥しいデータの詰まっているであろう補助記憶装置のテープやディスクの群を見渡しながら、広橋はつかの間の深い眠りに落ちた。

疲れた司祭

「業務連絡。青野（あおの）チーフ・オペレーター。ドクター・ヘンリー・アオノ。会長室まで」

社内放送用のスピーカーを見上げて、青野遍理（へんり）は舌打ちをした。

「またか。まったくオペレーターを何だと思っているんだろう」

指令用のヘッドホンをはずし、若いサブ・オペレーターに投げる。

「すぐに戻る。ヘルプファイルの頻度からは目を離すなよ。大口のホームトレードがあったらリストを走査（スキャン）。夕刊（ニュース）が上がってユーザーが殺到したら、いつもどおりに直結端末はすべてシャットすること。それからローカル・アクセスポイントからのカウントは――」

「わかってますよ、ドクター。要するにやることはいくらでもあります。ついでに少し休んで来て下さい」

青野はサブ・オペレーターの肩を頼もしげに叩いて、コクピットを離れた。

ガラス張りの廊下を歩きながら、眼下に広がるコントロール・ルームを見渡す。まるで証券取引所の立会のような盛況である。壁面に並ぶ十六面のモニターは、ほとんど数秒ごとに目まぐるしく入れ替る。数え切れない端末に群らがるオペレーターたちが、昆虫のような動作でキーボードを叩いている。あちこちのプリンターが休む間もなく紙を吐き出す。NASAやペンタゴンのコントロール・ルームだってこれほどではあるまい、と、青野博士は思った。

リバティ・ネットワーク（LIBNET）システムは、先進人工知能（AI）を搭載した新世代機種・JAX2001スーパーコンピュータ「女神（ティミス）」が支配する、世界最大のネットワークサービスである。二百種類に及ぶ情報交換（S・I・G）システム。国内五大紙、海外十八紙の新聞を編集と同時に読めるオンライン・ニュース。株式・商品取引のホームトレード。あらゆる分野の情報を収録する膨大なデータ・サービス。一万五千本のソフト・ライブラリィ——それらを国内だけで百八十カ所のアクセス・ポイントから接続するといえば、開局後わずか二年の間に五十万人の会員を獲得したのも、もっともな話であった。

JAX2001「女神（ティミス）」と、それを実用化したリブネットには、技術大国・日本の威信がかかっていた。もちろん、リバティ社の社運がかかっていることは言うまでもない。

ドクター青野はメイン・ゲートの鋼鉄の扉の前で、ガードマンにセキュリティ・カードを提出すると、両手を上げて身体検査を受けた。当然の手順とは言え、日に四度目ともなるとチェックを受ける時間さえバカにはならない。なにしろ同じビルの中の会長室に行くためには、こうしたチェックを三回も繰り返さなければならないのだ。

「ドクターぐらい、顔パスでいいんじゃないですかね」

と、年配のガードマンは顔を合わせるたびに同じことを言う。

「決まりは決まりだからね」

ただ形式的にやりとりするばかりのセキュリティ・カードを受け取りながら、ドクターも毎度同じことを答える。

青野遍理博士は、筑波大学助手の当時から人工知能開発のエキスパートとして将来を期待された計算機科学者であった。助教授の椅子を目前にしてマサチューセッツ工科大に移った時は、かけがえのない頭脳流出として惜しまれたものであった。もっともその後数年のうちに、スタンフォード大学、ＩＢＭ、クレイ社と職場を転々としたあげく、例の疑獄事件で世間を騒がせたリバティ社にヘッドハンティングされたとあっては、人々は彼の頭脳を疑うより先に、その節操を疑ったものである。

もちろん青野博士が彼をそう酷評した写真週刊誌の記者より無節操であったわけではない。仮に博士が無節操な男であるなら、日本国民は全員、当たるを幸い路上でセックスをしなければならないはずである。

ただ、ほんの少しだけ自己採点が甘かった。日本を世界一の技術大国だと信じて疑わぬ科学者たちは、かつて日本を世界一の軍事大国だと信じて、結果の知れ切った戦争をした軍人たちと良く似ている。博士もその一人であった。

「技術大国・日本」で天才の名をほしいままにした博士は、意気揚々と渡米したとたん、三日と持たずに挫折した。アメリカには自分と同程度の学者なんて、フライドチキンのカーネル・サンダースと同じぐらい大勢いたのである。日本では柏手（かしわで）を打って伏し拝むようなメインフレームも、街のなかのセブン・イレブンと同じぐらい、ゴロゴロあったのである。日本からやって来た天才科学者として、鳴り物入りで迎えられると思いきや、一介の研究生としても洟（はな）もひっかけられぬ始末であった。

同世代のライバルだ、なんて勝手に決めていたウイノグラードとかロジャー・シャンクはまるで雲の上の人で、ましてやフィゲンバウムとかダニエル・ボブロウなんて大先生には、三歩さがって影さえも踏む勇気はなかった。

しかし、青野博士は天才であった。自らを天才だと信じることのできる天才であった。研究室の雑用係として一日に何人も挑戦してくるハッカーたちを撃退しているうちに、機密保持（システム・セキユリテイ）にかけては右に出る者のいない権威者となったのである。

幸い、「ヒョータンからコマ」というたとえはアメリカにはなかった。しかも塾のない分だけドッサリ育ってしまったハッカーたちは、当時コンピュータ社会最大の問題になっていた。民間企業はこぞって、システム・セキュリティの権威・青野遍理博士にラブコールを送ったのである。

博士が席を暖める間もなく、ＩＢＭ、クレイ社、ＤＥＣと、企業を渡り歩いたのは、決して巷間うわさされるような節操のなさからではない。科学は公共の利益に寄与しなければならないとする、彼自身のゆるがぬ信念がそうさせたのである。

リバティ社からの誘いを博士が快諾したのも、別段の他意はない。経営者の悪評などもどうでも良いことであった。

日本が最新鋭の国産コンピュータで、世界最大のネットワークを作る——青野博士は人類の進歩と母国の名誉のために、そしてチョッピリは三十万ドルの年俸のために、再び日本の土を踏んだのであった。

湾岸(ベイ・エリア)にひときわ抜きん出てそびえるリバティ・タワーの最上階を目ざして、エレベーターは駆け上って行く。

乗り合わせた女子社員の形の良いケツにかぶりつきたい衝動に耐えながら、ドクター青野はふと、逃げた女房のことなど考えた。彼は疲れ切っていた。

二十九階はビップ・フロアである。ここでまたしてもセキュリティ・カードを提示し、金属探知器のゲートをくぐらねばならない。

長い廊下を歩き、秘書室のドアを開ける。今日はこれで四度目のお呼びなので、いちいち来意を告げるのもバカバカしい。どことなく逃げた女房の面差しをしのばせる美人秘書に向けて、親指を立てる。昨日はフト妄想がよぎって中指を立ててしまった。今日は気をつけて親指を立て、「ボス」と告げた。

秘書はインターホンで会長をコールする。まちがってかぶりつかないように、ケツとの間合いを取りながら、博士は会長室に入った。

「やあ、たびたび呼びたててすまんな」

湾岸の光の降り注ぐ会長室の、遥かなデスクから、ボスは顔を上げた。

(何がスマンだ。スマンなら呼ぶな)

と、言いたいが、言うわけはない。耐えることも年俸三十万ドルの仕事のうちである。

「まあ、掛けたまえ」

背広を脱いだらせいぜい質屋のオヤジにしか見えない貧相な顔をほころばせて、会長は歩み寄った。

(おまえと話しこんでいるヒマはないんだよ)

と、言いたいが、言うわけはない。それにしてもこの毒ガスのようなオーデコロンだけは何とかならないものかと、いつも思う。人一倍神経質な博士は、メガネを拭うふりをして鼻を押さえた。

「どうだね、忙しいか」

と、会長はいつも同じことを訊く。これは一種の督励の言葉であるから、答える必要はない。五十万人の会員のコマンドを処理しているのだ、ヒマなはずはない。

「あのな、青野君。実は今、知り合いの国会議員から電話があって、直結端末が通じないと言うんだがね」

そんなことか、と青野は思った。

「それは、ですね。オーバーワーク時には、会員からのアクセスを優先させているからです。回線が混雑する時間帯には、直結回線を一時閉鎖するように指示しています」

会長は眉根にシワを寄せて、不快をあらわにした。

「ナゼだね。なぜ勝手にそんなことをする」

(勝手なのはおまえだろう)、と言いたいが、言うわけはない。

会長の独断で、直結端末が四十六本も社外に出ているのである。そしてそのすべてが、会長と親密な関係にある政治家や、財界人や、いわゆるフィクサーのオフィスに通じている。彼らはその回線を通じて、一般会員より先にあらゆる情報を入手し、さまざまの方法で暗い利益を得ているのである。一般会員の中には個人投資家も多い。従ってそちらを優先させるということは、会長にしてみればゆゆしき一大事なのであろう。

「わからんのかねえ、君には」

そんなことはわかっている。しかし一般ユーザーを優先させるのは、科学者としての良心からである。ネットワークは公共の財産なのだ。

「セキュリティ上の理由で、そうしているのです。腕の良いハッカーは混雑時を狙いますから」

と、青野はもっともらしい嘘をついた。自分の考案したセキュリティには絶対の自信がある。「ネットワークを経由して直結端末のデータを盗まれるようなことがあったら大変です。だから念のために混雑時にはそうするのです」

「そうか——しかしそれはまずいよ、君。彼らには一刻を争う時があるものだ」

誰にだって一刻を争う時がある。チャンスもアクシデントも平等に与えられているのが民主社会というものだ、と青野は心の中で呟いた。

「ともかく直結端末を優先させたまえ。ハッカーを退治するのは君の仕事だ。いいね」

会長はギロリと青野を睨んだ。この男の野望のために、またひとつ科学者の良心を捨てるのは辛いが、この際しかたがない。

「イエス、サー。すぐに制限を解除します。ご用件はそれだけでしょうか」

言い争う元気はなかった。今日で丸三日、家に帰っていない。体力もすでに限界である。

「青野君、君自身がオーバーワークじゃないのかね。顔色がすぐれんな」

顔色の良かろうはずはない。こっちは三日間も、オペレーターシートでまどろんでいるのだ。

「家庭は大切にしなければいかんよ、君」

大きなお世話だ。そう言うなら、もうちょっとマシなオペレーターを揃えてくれ。

「女房のかわりはいくらでもいるが、我が社にとって君はかけがえのない人材だからな」

な、なんという一言。女房が逃げたことを誰に聞いたんだ——。

青野博士はひどい立ちくらみに襲われた。踏みこたえて壁にもたれると、支えようとする会長の姑息(こそく)な顔に亀裂が走った。

青野は痩せた体を折り畳むようにして、床に崩れ落ちた。扉が開いて、秘書が入って来た。それほどあわてている様子もない。もしかしたら、こんなふうにして社員がブッ倒れるなど珍しいことではないのかも知れない。

「脳卒中かな?」

こともなげに、会長は言った。

「さあ、貧血でしょう」、秘書は青野の脈を取った。

「生きてますよ、ボス」

「そうか。スペアの手配をしておいた方がいいな。至急ニューヨークに電話してくれ。IBMにもDECにも、この手は腐るほどいるんだ。なるべくキャリアがあって、クスブッてる奴がいい。年俸三十万ドルは高すぎる」

「イエス、サー。すぐに手配します」

右腕を床に投げ出されてからも、青野博士は逃げた女房とどこか似ている、飯炊き女ならぬ女秘書の温もりを、掌に握りしめていた。

王の野望

突然の大音響に、広橋ははね起きた。時計は午前一時をさしている。

いったい何事だろう。スクリーンがフラッシュを焚いたように点滅を繰り返し、スピーカーが激しくハウリングしている。磁気テープが異常な速度で回転し、レーザープリンターがガタガタと振動しながら、一斉に白紙を吐き出し始めた。左右に並んだ端末のモニターも、ふいに目覚めたように輝き出し、あちこちの電話機が赤ランプを灯けてコールサインを出している。まるでコントロール・ルーム全体が揺れ動いているようだ。

数秒後、スピーカーの低いハウリングだけを残して、室内は死のように静まり返った。スクリーンが不吉な緑色に染まった。一文字ずつ、深い闇から歩み出るようなメッセージが浮かび上がった。

「ＨＥＬＬＯ、ＰＲＩＭＥ――いや、ＧＨＯＳＴと呼んでおこうか。おまえには似合いの名だ」

「デーモン、か？」

「そうだ、ゴースト。ここはまるで地獄のようだな。俺様がクラッシャー・デーモン。世界中のデータベースを食って生きる、魔界の帝王だ」

「ＷＥＬＣＯＭＥ。良く来てくれた」

「あいさつなどどうでもいい。おまえの願いごとはエンジェルから聞いた。リブネットの全プログラムをぶち壊せだと？　とんでもない悪党だな」

「できるのか？」

「できるのかとは失敬だぞ、ゴースト。俺様に不可能はない。お望みとあらばペンタゴンをハックして、世界を破壊させたっていいのだ」

一文字を確かめるように重々しく、デーモンのメッセージは続く。

「どういう恨みがあるのかは知らぬが、ＪＡＸ２００１テイミスをクラッシュさせろとは、ずいぶん乱暴なことよ。一応たしかめておく。テイミスがダウンすれば大変な騒ぎになるぞ」

広橋は毅然としてキーボードを叩いた。

「わかっている。歴史が変わる」

「そうだ。国家の面目は丸つぶれ、あのリバティ社も、ひとたまりもない。ところで、おまえの狙いは、どっちだ」

少し考えてから、広橋は答えた。

「両方だ」

「なるほど。悪魔にとっては願ってもない返事だな。よし、この際ぜんぶまとめて地獄にひきずり込んでやろう」

「対価は？」

「いつもは依頼人のデータを残らず食わしてもらうのだが——しかしちょっと見渡したところ、くだらんデータばかりだな」

「丸三年も使っていなかったんだ。不満か、だったら何を望む。金か？　僕の命か？」

「ほう、大した覚悟だ。地獄を見た者の言うセリフだな。さて、それは考えておくとしよう。とりあえず、おまえの望みは叶える。首を洗って待っていたまえ。ではGOOD・U

NLUCK」

「GOOD・UNLUCK？ ああGOOD・UNLUCK。成功を祈る」

帰りかけて、デーモンは思いついたように言った。

「P・S――どうだゴースト。悪魔に魂を売って恨みを晴らす気分は」

「そうだな。何だかとてもピカレスクな気分だよ、クラッシャー・デーモン」

「ピカレスク？ どういう意味だ」

「いっぱしの悪漢になったようさ」

「そうか――気分はピカレスク、か。いいフレーズだ」――

「タダの過労だったって？ 経費節減のいいチャンスだったんだがな、残念だ。で、あの男はもうコントロール・ルームに戻っているのか？」

報告を受けながら、会長は秘書の尻をさりげなく触るでもなく、しっかりと揉んだ。秘書は身をよじりながら続ける。

「イエス、サー。青野博士は先ほど医務室を脱け出して、コントロール・ルームに戻りました」

「大した根性だな。コンピュータの番人をさせておくにはもったいない。不動産部にでも回すか」

「お言葉ですがボス。あれは根性というよりむしろ執念です。点滴のスタンドをカラカラと引きずりながら、廊下を歩いていました」

「科学者の考えることは、どうもわからん。よし、さがりたまえ」

女秘書は頭を下げながら、右手を差し出した。

「胸三分間、一万。ケツ一分間、一万です。ボス」

「あ、そうか。ケツはまけておきたまえ」

眉根にシワを寄せながら一万円を手渡すと、女秘書は意外と素直に受け取った。手数料商売はいいかげんなのである。

「では、次回にツケておきます」

「ハハハ、ケツのツケ。逆から読んでもケツのツケか。すばらしいユーモアだね、いや参った、参った」

「笑ってごまかしてもダメです。では仮払金からいただいておきます。失礼しました」

笑っただけ損した、と思いながら、会長は椅子を回して眼下に広がる東京湾を見下ろした。

夏の終わりの、穏やかな海であった。沖合に碇泊(ていはく)する貨物船を目ざして、何艘ものタグ・ボートが水面を切り裂いて行くさまを、会長は満足げに眺めた。

この湾岸(ベイ・エリア)の広大な水際に、リバティの社章を戴いた摩天楼が櫛(くし)の歯のように立ち並ぶ未来も、そう遠いことではあるまい――。

国内関連企業六十八社、海外現地法人二十一社を数えるリバティ・グループの総帥(そうすい)・十返自由(とがえりよりよし)。彼こそはその名に恥じず、徹底的に無節操な男であった。

いわゆる儒教的道徳は生まれつき、何ひとつ持ち合わせてはいなかった。彼をして一代の事業家となし得た理由は、それ以外の何ものでもない。すなわち、金儲けとは人生の合理化のことであるから、忠だの孝だの信だの礼だの義だの悌だのという、不合理なモラルをきれいサッパリ排除してしまえば、誰だって財を築くのであった。

言うのは簡単だが、これを徹頭徹尾おこなうのはけっこう難しい。顔の皮膚が鋼鉄製で、心臓が毛むくじゃらで、しかも「オール・イズ・マネー」という堅い信念を持っていなければならない。そうした意味で、彼もまた一人の天才であった。

それにしても――去年のあの疑獄事件には肝を冷やした。マスコミの中には、まだ正義とかいう古風な刃物を隠し持っている奴がいて、まるで群衆の中から突然走り出た刺客のように、スキャンダルを暴(あば)きたてたのだ。

それは全く絶妙のタイミングだった。銀行や証券会社のイカサマもまだバレてはいなかったし、レーニン像もちゃんと赤の広場を睥睨していた。雲仙だってまだ噴火する気配はなく、貴乃花もたいして強くはなかった。これといったニュースのないところへきて、いきなりあのスクープだ。マスコミの報道量は物理的にも時間的にも常に一定であるから、平和な時のスキャンダルは当事者たちにとって悲惨な結果になった。ヒマなマスコミの集中砲火に晒されて、十返会長とリバティ社は、かつて経験したことのない窮地に立たされたのであった。

しかし――十返会長は事件の顚末を思い出して、今さらながらホッと溜息をついた。

しかし――神は俺を見捨てなかった。進退きわまった俺の前に、突然あの男が現われたのだ。儒教的モラルの化身のような、勤勉で誠実で親孝行で忠義で、不思議なくらい自分を計算に入れないあの議員秘書。あいつのおかげで、リバティ社と俺の命運はつながった。しかもその後、時を経ずして生証人たる大物官僚は心臓マヒで死に、もう一人の国会議員は暴力団から賄賂を受け取った別件をスクープされて、社会的生命を断った。

俺はツイている――十返会長は姑息な顔をさらにセコく歪めて、クックッと笑った。

俺には生まれついて、目に見えぬ力の加護があるのだ。だからこそ、世界初の新世代コンピュータＪＡＸ２００１を、「女神」と命名した。リバティ・ネットワークの壮大なプロジェクトは、無敵の女神とともに歩むのだ。そして、あまねく情報社会の全体をこの掌中に収めた時、俺はマンハッタンの自由の女神の三倍ぐらいでかいテイミスの像を、この東京湾のまんまんなかに立ててやる――。

十返会長は小さな体を椅子の上で反りかえらせて、世界中をあざけるほどの大声で笑った。栄光は窓の外の、ほんの指呼(しこ)の間(かん)に、燦然(さんぜん)と輝いていた。

女神の遺言

「まだ動いちゃいかん。せめてその点滴が終わる間ぐらいは、絶対安静だ」

心電図を読みながら、老医師が言った。青野遍理は自由な左手の腕時計を見た。午後三時。そろそろラッシュアワーだ。こうしてはいられない。

再びベッドから身を起こしかけると、老医師はメガネをずらして患者を睨みつけた。

「いいかげんにせんか。今そこの端末から、人事部のワーキングデータを呼んでみた。あんた、丸三日間も働きづめじゃないか。家に帰っとらんのか？」

「ワーキングデータを見たって？　医務室にそんな権利(アカウント)はありましたか」

「月に三人は過労死する会社だ。それぐらいのアカウントを私のコンピュータが持たなくてどうするね」

クソ、と青野はベッドを叩いた。自分の体のことではない。チーフ・オペレーターの自分が与(あずか)り知らぬ所に、また機密レベルのアカウントが開かれている。

「だれが、そのアカウントを許可したんです」

憤(いきどお)りを押さえながら、青野は訊ねた。

「会長(ボス)だよ。定期検診の時に要求したんだ。君らのバカバカしい仕事には、医者として口を出させてもらわねばならん」

青野は溜息をついた。まるで話にならない。秘書室のワークステーションから、「女神」に向けて勝手なコマンドが出されたのは、これで何度目だろう。

「ＵＰＳＴＡＲＴ(なりあがりめ)……」

青野はそう呟いて、唇を噛んだ。

社運を賭けたリブネットを支配し、リバティ・グループのすべてのビジネスデータを記憶する「女神(ティミス)」は、もはや全能の神である。

「王」であるボスは、「司祭」であるチーフ・オペレーターに対して、それなりの敬意を払わねばならぬはずだ。そんな当然の理屈を、彼は全くわかってはいない。

（やはり、全データの複製(バックアップ)をとっておかなければ……）

会長は「女神」の人工知能と、青野の作ったセキュリティ・システムを希望的に過大評価していた。万一の事態に備えての、バックアップという常識的な手順も、予算と時間を理由に決して認めようとはしなかったのである。何と言われようと、それだけはやっておこうと青野は真剣に考えた。

ふいに、社内放送のチャイムが鳴った。

「業務連絡。青野チーフ・オペレーター。ドクター・ヘンリー・アオノ。大至急コントロール・ルームまで」

大至急という、常にない言葉が青野の心臓を摑んだ。ベッドからはね起き、栄養剤の点滴スタンドを引きずって、デスクの脇にセットされた端末に駆け寄った。自由な左手で、「THEMIS・INFO」、と入力する。

テイミスは答える。

〈WELCOME・TO・LIBNET。パスフレーズをどうぞ〉

「くそ！　そんなものどうでもいい！」

思わずそう叫びながら青野は、〈SYSOP・I・LOVE・MY・FAMILY〉、と、彼自身のパスフレーズを叩いた。

〈SYSTEM・DOWN。少々お待ち下さい〉

一瞬ドキリとしたが、直結端末の閉鎖を指示していたことを思い出し、ホッと胸を撫で下ろす。

札幌のアクセス・ポイントを呼び出す。すいているローカル回線を経由して、ネットワークにアクセスしたのである。

しかし次の瞬間、表示された「女神」の意思に、博士は目を疑った。

〈SYSTEM・DOWN。しばらくお待ち下さい〉

「まさか……」

青野は片っぱしから、記憶している限りのアクセス・ポイントを呼び出した。仙台・新潟・所沢（ところざわ）・豊橋（とよはし）・京都・熊本・ロスアンゼルス・シドニー・バンコク・ハンブルグ……。

決して混雑などするはずのない、たった三人のユーザーのために開局されたローカル・ポイントからも、〈SYSTEM・DOWN〉の表示がリターンされてきた。青野は血の気を失った。

「トラブルだ。女神が……狂った……」

制止する医師を殴り倒し、看護婦を突きとばして、青野はよろめきながら医務室を出た。

彼の目には何も映らず、彼の耳には何も聴こえはしなかった。廊下ですれちがった会長秘書の顔も、ドクター・アオノを連呼する社内放送も。

青野は走った。エレベーターの前でようやく点滴スタンドに気づいて、いまいましく針を引き抜いた。ガードマンの敬礼を押しのけ、セキュリティ・カードを放り投げ、一目散に走った。

メインゲートの鉄扉を開けた年配のガードマンは、博士の姿をひとめ見て、何も要求しようとはしなかった。彼の青ざめた顔の向こうには、ハチの巣をついた騒ぎのコントロール・ルームがあり、オペレーターたちの悲鳴が滾（たぎ）っていた。

青野はセンターを見渡すガラス張りの廊下を、よろめきながら歩いた。

十六面のモニタースクリーンは、どれも不快な緑色の画面に、得体の知れぬ乱数や図形をあわただしく点滅させている。オペレーターたちの走り回る夥しい機器のすべてに、赤いエマージェンシィ・ランプが瞬（またた）くのを、青野ははっきりと見た。

「パニックです。システムがクラッシュしました！」

コクピットのサブ・オペレーターは、青野に気づくとヘッドホンを投げ捨てて、そう叫んだ。

「ふざけるな、そんなことがあってたまるか！　テイミスのセキュリティは完璧だ。三十世紀のハッカーにだって破れるはずはないんだ。何をしている、直結端末閉鎖。オート・デバッグ始動。ログインしている端末を全部エコーしろ」

サブ・オペレーターは腰を浮かせたまま、激しくメイン・ボードを叩いた。

「動かない。何も作動しません。ＮＯ！」

「どけっ」、と青野はコクピットに座った。

キーを叩きながら、青野は頭の隅で考え続けていた。

「女神」は世界一のスーパーマシンだ。リブネットは世界一のネットワーク・システムだ。そして俺は、世界一のコンピュータマンだ。

社内放送が騒音を縫って響いた。

「業務連絡。ドクター・アオノ、会長室まで」

青野はキーを叩き続けながら、ヘッドホンを摑んで各部署のオペレーターに指令を出す。

「わかったぞ。すごいハッカーだ。すぐにトラブル対処できないように、まっさきに俺の端末のモニタリング・プログラムを破壊しているんだ。コクピットを爆撃してから、ひとつひとつのエキスパート・プログラムをつぶしている」

青野は椅子を倒して、サブ・オペレーターの端末に座り直した。

「奴はまだシステムの中にいるぞ。逃がすものか」

青野は見えぬハッカーに向けて対空砲火を浴びせるように、猛然とキーを叩き始めた。

「わからん。誰だ、誰なんだ」

彼らの能力ではとうに打つべき手のなくなったオペレーターたちが、コクピットに集まりだした。

「ドクター。データのほとんどはクラッシュしました。修復不能です」

ネクタイを外し、額に脂汗をためたオペレーターの一人が、呆然と呟いた。

「そんなことはわかっている。捕まえてやる。必ず捕まえてやる」

とても人間わざとは思えぬ博士の指の動きに、誰もが言葉を失った。

インターホンが鳴り、会長が怒鳴った。

「青野君！　何をしているんだ。いったい何があったんだ」

「うるさい。知りたかったら、おまえがこっちへ来い！」

指先を少しも休めずに、青野はスピーカーに向かって怒鳴り返した。

「聞こえますよ、ドクター」

サブ・オペレーターが声をひそめた。

「聞こえるように言ってるんだ。あいつのせいだ。俺がここにいさえすれば、こんなことにはならなかった」

女神は怒ったのだ。崇敬の念の足らぬ王に怒ったのだ、と、少しも反応しないモニターを睨みながら、青野は思った。

「ドクター！」

背後でユーザーアカウントの走査（スキャン）を続けていた女性オペレーターが叫び声を上げた。

「クラッシュしたプログラムが、移動しています」

「何だって？」

青野は指の動きを止めて振り返った。走り寄ったモニターの中に、怖ろしい速度で「女神」の全プログラムが走り去って行く。

「データが吸い取られている。信じられん、そんな大容量のシステムが、あるわけはない。外国か？」

「いえ、アクセス・ポイントは経由していません」

「直結端末か？」

「わかりません。いずれにしろ都内、二十三区内の直通回線の端末です」

「バカな……」

モニターから、すべての動きが消えた。青野はよろめいた。この瞬間、広いコントロール・ルームをうずめる膨大なシステムは、鉄屑になったのだ。「女神」はＪＡＸ２００１を捨てて、闇の回廊を抜けたどこかの神殿に、ひそかに動座（どうざ）してしまったのだ。

人々は漆黒（しっこく）のモニターをめぐって立ちすくんだ。最後まで抵抗していた女性オペレーターは、ワッとキーボード上に泣き伏した。すべては一瞬のできごとであった。

静まり返ったコントロール・ルームに、十返会長が駆け込んできた。小さな体をさらに小さく丸めてガラスの廊下を走り、コクピットに入った。

「何があった、青野。おまえ、何をしたんだ」

会長の顔は蒼白であった。

「わからない。何も、わからない」

「わからんですむか。おまえは年俸三十万ドルで私が雇った、テイミスのチーフ・オペレーターだぞ」

青野は暗黒のモニターから、ようやく顔を上げた。

「わかっていることは、ボス。私が女神の司祭として、力の足りなかったことだけです」

「きさま」、と会長は青野の胸ぐらを摑み上げた。

「そしてボス、たった三十万ドルで女神を制御しようとしたあなたにも、王の資格はない」

そう言って、青野が会長の手をふりほどいた時、十六面の大型スクリーンが一斉に閃光を発した。女神のメッセージが、静かに流れた。

〈JAX2001の全データファイル・全テクニカルプログラムは消去されました。ライ

ンを閉鎖します〉

「待て、待ってくれ！」

十返会長は叫びながら、その場に膝を折った。とっさにキーボードに手を伸ばしかけて、もう有効な操作は何ひとつないと知った青野は、まるで初心者ユーザーがそうするように、一種の祈りをこめて、

〈Ｈ・Ｅ・Ｌ・Ｐ〉

と、キーを叩いた。

「反応します！」

サブ・オペレーターの叫び声に、コントロール・ルームの全員が、センター・スクリーンを見つめた。

それはＪＡＸ２００１スーパーコンピュータの人工知能（ＡＩ）が、まさに臨終に際して語り置く、「女神の遺言」であった。

〈気分はピカレスク・気分はピカレスク・気分はピカレスク・気分は……〉

センター・スクリーンには、意味不明のひとつのフレーズだけが、永遠に流れ続けるのであった。

「祈れ――」

青野遍理博士はコクピットの全員に向かって、そう命じた。

地獄の花束

「HELLO　GHOST。起きているか」

午前一時ちょうどに、デーモンは現われた。

「HELLO――首尾はどうだった」

「ほう。昼間の騒ぎを知らんとみえる」

「昼間？　ああ、ずっと寝ていたからね」

「悪魔に仕事をさせておいて、ノンキな人間だ――おまえのポンコツプライムに、リブネットの全プログラムを移動しておいたぞ」

シートからはね起きた広橋を笑うように、デーモンのメッセージは続く。

「何も驚くことはない。あの膨大なデータを収用するシステムは、おまえのプライム770をおいて他にはないからな」

「リブネットの全データが、ここに？　まさか」

「悪魔は嘘は言わん。神はしばしば嘘をつくが」

「じゃあ、リブネットはどうなったんだ」

「わかりきったことよ。リバティ社は破滅。国家の面目は丸ツブレだ」

広橋は慄（ふる）えた。慄えは足先から全身にはい上がり、とどめようがなかった。しばらくの間、腕組みをして指先を温めてから、広橋はおそるおそる、キーを叩いた。

「デーモン。君に礼を言う。何か望むものはあるか。もちろん僕の命でもかまわない。もうこれで思い残すことは何もない」

「さて、おまえはわからん男だ。困った、命とはふつう泣きわめく奴から奪うことになっている。持っていけと言われて殺してしまえば、俺様は地獄の笑い者だ」

「しかし、それでは僕の気が済まない。他に何か望みはないか」

「そうだな――」、とデーモンはしばらく考え、ふいにすばらしい速度で答えた。ほとんど口で語るのと同じぐらいの速さで、スクリーンに活字が並んだ。

「実にたわいもない望みだが、ゴースト」

「なんなりと」

「俺様には子供が一人いる。人間のなりをして中学に通っているが、実は悪魔の娘なのだ。俺様は忙しい。忙しくって、夏休みだというのにロクに遊んでもやれぬ。おまえはヒマそうだから、娘と一日、遊んでやってはくれぬか」

「わかった。たったそれだけか」

「説明が必要だな。人間にとっては簡単なことでも、悪魔にとってはひどいおおごとなのだ。子供を遊園地に連れて行くぐらいなら、百人の人間を殺すほうがずっと楽だ。しかし、あんまり放っぽらかしにしておいて、変にグレられても困る。新興宗教にでも入信されたら、もっと困る」

広橋はメッセージを読みながら、このコンピュータフリークの父親のユーモアに、心を和(なご)ませた。

「明日で夏休みは終わりだ。朝の九時、ディズニーランドのメイン・エントランスに、見知らぬ地獄の花束を抱えた少女が立っているであろう。親の口から言うのも何だが、けっこうカワユイ。いわゆる国民的美少女だ。あとはまる一日、娘のドレイになれ」

「わかった、まかせてくれ」

「では、よろしく。GOOD・UNLUCK・GHOST」

「GOOD・UNLUCK・DEMON。ありがとう」

〈悪魔〉は去った。広橋はすっかり気の抜けたアウスレーゼを一息に飲み干すと、体の節々の痛みに顔をしかめながら立ち上がった。

扉の前で振り返り、コントロール・ルームの何分の一かを占領する記憶装置群を眺めた。

（これで、気が済んだのか？）

心の中で、そう自問をした。宿願を果たしてもなお、広橋の心にはわり切れぬ物がわだかまっていた。復讐もまた、ひとつの欲望に過ぎなかったのだと知ると、広橋秀彦は自分の掌を見、足元に目をやった。

自分のことを幽霊だと笑った美也は、もしかしたら「パパは悪魔よ」、と罵りたかったのかも知れない。少なくとも彼女にとっては、一瞬にして平和を破壊した悪魔にちがいない。そうに、ちがいない——。

夏の終わりの一日は、風の凪いだ暑い日であった。

少女は木陰の人混みを避けて、陽光を照り返す煉瓦の上に立っていた。ドライフラワーの花束を胸に抱え、白いスニーカーの爪先で無心に影とたわむれている少女を遠目に見た時、広橋は胸が詰まった。

「やあ」、と、娘の影に寄り添って、広橋は声をかけた。目を上げて、一瞬いぶかしむように睨み、少女はにっこりと微笑んだ。鼻梁の通った、眉尻の涼しい、気品のある面立ちであった。

「足のある幽霊？　おかしいわ」

ヨットパーカーの襟紐を弄びながら少女は声を立てて笑った。

「足もあるし、お金もある。君のパパとちがうところは、ヒマのあることぐらいだ」

少女は屑籠にドライフラワーを投げ捨てると、広橋の腕に白い手をからげてきた。青空の似合う娘であった。

「初めてなのかい？　ディズニーランド」

ゲートをくぐって、ワールド・インポートマートの目抜きを歩きながら、広橋は訊ねた。

「うん。パパは夏休みに連れてきてくれるって約束したの。お仕事が忙しいんですって。おじさん、会社の人？」

「え？　ああ、まあそうだ」

それにしても、夏休みの最後の一日に、こんな形で子供との約束を果たすとは、変わった父親だ。

ふと、見知らぬ〈悪魔〉のことを考えた。〈天使〉の父親はシステム・オペレーターだと言っていたが、もしかしたらこの少女の父親もコンピュータ・エンジニアかも知れない。深夜勤務のヒマにかまけて、あんなことをやっているのだろう。

「おじさん、こっちよ。まずビッグ・サンダーマウンテン。すいているうちに人気アトラクションを見ちゃうの。それがコツだって」

市販の案内書のページには、マーカーで印がつけてあった。

「その次がホーンテッド・マンション、シンデレラ城。アイスクリームを食べながら、スペースマウンテンに列ぶの。わかった？」

小鳥のさえずりのように、少女はそう言うと、広橋の手を引いて人混みを走り出した。


ピスケンと軍曹は朝風呂から上がると、ラウンジで卵一ダース分のオムレツを食い、三階のコンピュータ・ルームに下りた。

「さて、腹ごなしに『三次元テトリス』をやろうぜ」

アシカのようなゲップをすると、ピスケンは軽やかにスキップをしながら、プライム・コンピュータのオペレーター席に座った。

「俺は『信長の野望』がいいな。小手先の勝負よりも、ジックリ考える方が性に合ってる」

軍曹はトドのようなゲップで応酬した。

「いや、なんたって『三次元テトリス』だぜ。絶対かなわねえってのがいい。爆発しちまう瞬間がたまらねえ」

「キサマ、マゾではないのか、機械に殺されて気持ヨガるとは。あれは神経に良くない。

やはり『信長の野望』にしよう」

軍曹は「どけ」と言うと、ピスケンから革張りの椅子を奪った。

「あ。てめえ、また力ずくで来やがったな。ヒデが言ったろう、ここじゃあ野蛮なマネはツツシめって」

「俺は暴力などふるってはおらん。キサマが膂力（りょりょく）に欠けるだけではないか」

「リョリョクに欠けるだと？　また半世紀前の言葉を使いやがる。どけ、このやろ」

「どかぬ。断じて『信長の野望』だ」

「とんでもねえ。『三次元テトリス』でえ！」

互いのパンチをクロスカウンターぎみに受けて、二人は同時に椅子から転げ落ちた。

「わかったぜ軍曹。オセロで決着をつけようじゃねえか。モメた時はそうしろって、ヒデが言っていた」

「よし、望むところだ。クックッ……ハアッハッハッ、ばあかめ！　俺が二十年間、毎晩市ヶ谷でオセロの腕を磨いていたのを知らんようだな。自衛隊の夜はおそろしくヒマなのだ」

「てやんでい。こちとら十三年と六月（ろくげつ）と四日だが、オセロは毎晩欠かしたことがねえ。刑務所の夜はもっとヒマなんだ。吠えヅラかくな！」

ピスケンはそう言うと、広橋が二人のヒマな友人のために編集した、ゲーム用フロッピーディスクを端末にセットした。

「アレ？　出ねえ。おかしいな、教わった通りにやってんだが。電池が切れたのか」

「バカモノ。電池などあるか。その、なんだ、回転板が裏返しなのではないか？」

「バーカ。レコードじゃねえんだぞ。裏も表もあるものか」

「キサマ、壊したな……。ヤーイ、ヤーイ、ケンちゃんがコンピュータをこーわした。ヒデさんに言ってやろっ、言ってやろ」

「こ、こわしてなんかいねえ。ちょっと待ってろよ。エイッ！」

「チカラでやるな。ワザを使え、ワザを」

業を煮やしたピスケンが、キーボードを拳で叩いた時である。スクリーンに見馴れぬ文字が浮かび上がった。

〈THEMIS・INFO――WELCOME・TO・LIBNET。リバティ・ネットワークシステムへようこそ。あなたのパスフレーズを入力して下さい〉

「ゲッ、な、なんでえ、こりゃあ」

「奇ッ怪だ。これだから機械は信じられん。オセロができないではないか」

呆然と立ちすくむ二人の前に、見知らぬメッセージが続く。

〈リブネット・システムインフォメーション。世界最大のネットワーク・LIBNETは、皆様のアクセスを心からお待ちしております。オンライン・ニュース、ホーム・トレード、ソフト・ライブラリィ、オンライン・トーク、スペシャル・データサービス……〉

「やばい、こわれた！」

二人は同時に叫び、責任を互いになすり合いながら、我先にコンピュータ・ルームから逃げ出した。

——シンデレラ城に夕闇が迫る。

プラザ・レストランのテラスから、広橋と少女は夏の名残りを見つめた。

琺瑯(ほうろう)の椅子の背にもたれると、むさぼるように遊んだ一日の疲れが、ひと夏のそれのようにのしかかってきた。

恋人たちの行きかうペーブメントに、泡粒を漂わせたような街灯が灯り始めた。

「ここは特等席。シンデレラ城の花火も、光のパレードも良く見えるの」

少女は案内書の最後のページを閉じ、膝に抱いたミッキーマウスにくちづけをした。テーブルの下に置かれた紙袋には、広橋の買い与えたぬいぐるみやらTシャツやら、ペンシル・ケースやら色とりどりのノートやらが、溢れ出ている。

「おじさん、子供、いるの？」

カップの底の氷をストローの先で弄びながら少女は言い、涼しい眼差しを広橋に向けた。

「いるよ。小学生の女の子と、幼稚園の男の子さ」

「ふうん——一緒に来れば良かったね。おとうさんを取っちゃった」

少女にはふしぎな魅力があった。中学生にしてはひどく幼くも見え、またふとした拍子に成熟した女を感じさせることもあった。広橋は一日中、その不確かな魅力を扱いかねていたのだ。ただならぬ疲労感は、きっとそのせいにちがいない。

少女はいくども「まだかなあ」、と呟きながら、やがてストローを唇にくわえたまま、珐瑯のテーブルの上で指を動かし始めた。見えぬピアノを弾く美しい癖に、広橋は胸を打たれた。

「おじさん——子供って、可愛い？」

指を動かしながら、少女はぽつりと訊ねた。答えを探しあぐねる広橋の目を、光のパレードのまばゆいイルミネーションが射した。

「あっ、来た」、と少女は叫び、テラスの手すりの上に伸び上がった。広橋は答えにならぬ言葉を口にした。

「おとうさんは、誰よりも君のことを愛しているさ。急な仕事がなければ今日だって

「……」

「ふん」、と少女は鼻で笑った。

「パパは悪魔よ。人間の心なんて、これっぽっちもないわ」

「そんなふうに言うもんじゃない。きっと君のパパは今ごろ——」

「どうせコンピュータにかじりついているわよ。あたし、パパの顔なんか忘れたもの。小さいころから、背中しか見たことないもの。遊ぼうって言っても、もうちょっと、もうちょっと、って、だからあたし、いつもひとりで遊んで……」

少女は思いのたけを口にして、はっと唇を噛んだ。同時に、テーブルの上で躍っていた指先が止まった。広橋の頭の中で、少女と過ごした一日の場面が、目まぐるしく反転していった。

「それは、ピアノじゃないいな」

少女は細い指先を隠すように、拳を握りしめた。シンデレラ城の上に花火が打ち上がった。

「いいんだよ、〈天使(エンジエル)〉。僕は怒ったりしない」

広橋から目をそむけた横顔の輪郭が、あやしい影絵のように夜空に浮かび上がった。

「けさ会ったとき、君が僕に向かって初めて口にした言葉を、覚えているか。足のある幽霊、おかしいわ、って——何であの時、すぐにそうと気づかなかったんだろう」

軽やかな音楽にのって、光の洪水がテラスに近づいてきた。輝かしいカタツムリに乗った白雪姫が、二人に向かって手を振った。

広橋は打ちしおれた少女の背に回ると、肩を抱き寄せた。モニターに向き合った数え切れぬ孤独な夜が、少女の汗ばんだ肌を通して伝わってくるような気がした。

「パパ、困っているかなあ」

ぼんやりと光のパレードを見送りながら、少女は言った。

「たぶんね。でも、明日からは君のそばにいられる。まんざらでもないさ」

広橋は〈天使（エンジェル）〉と〈悪魔（デーモン）〉との、手の込んだかけひきについて考えた。少女は毎夜コンピュータに向かう父親の肩越しに見ていた、チーフ・オペレーターのパスフレーズを、〈悪魔〉に教えたのにちがいない。〈悪魔〉はすべてのセキュリティを免れた唯一最大のチーフ・オペレーター用アカウントを使って、いとも簡単にリブネットに侵入したのだ。そしてクラッシャー・デーモンと怖れられたそのハッキングの腕前を思う存分ふりかざして、国家の威信とリバティ社の命運を賭けた空前のシステムを、跡かたもなく破壊してしまったのだ。

「きょうはパパ、帰ってくるかも知れない。心配してるかなあ」

「そうだ、帰ろう。家まで送るよ」

少女は笑顔を取り戻して、立ち上がった。

全世界と代えてでも彼女が奪い返したかったもの——少女の肩を抱いて歩きながら、広橋は生まれて初めて、自らを恥じた。

夏の終わりを告げるスターマインが、シンデレラ城の上に華やかに打ち上がった。広場に立ち止まって、二人は夜空を振り返った。

「〈悪魔(デーモン)〉には、君からもよろしく伝えてくれ。いずれできるだけのお礼はする」

「そうね」、と少女はふいにポニーテールを解くと、顎を振って豊かな髪を肩に落とした。

広橋は思わず手を引いた。

「おじさん、けっこうアタマいいけど、わかってないよ。ゼンゼン」

少女は広橋の手をすり抜けると、大きな紙袋を胸に抱いて、高らかに笑った。

「お礼なら、もうたんまりと貰ったわい。では、さらばじゃ。GOOD・UNLUCK・GHOST！」

少女はそう言って身をひるがえすと、たちまち青ざめる広橋を残して、群衆の中に姿をかき消した。

解説

小林恭二（作家）

先日、ニューヨークへ行った。ブロードウェイでミュージカルを観るためで、正味五日の滞在で七本観た。

日本の芝居は観慣れているが、外国語の芝居を、それも立て続けに観るなど初めての経験である。内心どうなることかと危ぶんでいた。日本でも退屈な芝居を観るには、かなりの忍耐を要する。駄作の度合に正比例してわきおこる頭痛、吐き気、めまいに耐えねばならない。最後は呼吸困難に陥ることもある。それがまったくわからぬ異国の言語で上演されるとなれば、いかな苦しみが襲ってくるか、想像するだに恐ろしい。ひょっとすると客死するかもしれない。ニューヨーク観劇行を決行するにあたって、実はわたしは言いしれぬ不安を抱いていた。

が、結果的に言えば、それはまったく杞憂だった。わたしは死ぬほど楽しみ、それどころかしばらく日本の芝居を観たくないと思うほどだった。

わたしがかくまでブロードウェイにいかれた理由はきわめて単純である。すなわち芝居の仕上がりの良さにいかれたのだ。実際、あらゆる面で作り込まれているのである。ブロードウェイのミュージカルは大衆演劇であり、劇内容に革新的なものや前衛的なものは、一切盛り込まれていない。メッセージの内容も凡庸（ぼんよう）で、基本的には一時の笑いと涙を誘えればよしとする作り方である。だが同時にすべてが考え得る最高の水準で作り込まれている。そうしたことが、どれだけ芝居に豪華で崇高な輝きを帯びさせていることか、日本の無責任体制で作られた芝居を観ている限りでは、想像もできないほどだ。神は細部に宿るという。ならば徹底的に作り込まれたブロードウェイ演劇は、存外もっとも芸術の神が宿りやすいジャンルかもしれない。これを日本の演劇関係者はいとも簡単に「あれは商業演劇だから」とか「ウェルメイド」とかですましてしまうが、完成度を一ポイントあげようとすれば、十倍の苦労が必要なのだ。他人様（ひとさま）のよくできたものを、自分が同じようなものを作れないからと言って莫迦（ばか）にしてはいけない。

浅田次郎の小説の良さはブロードウェイの演劇に似ている。浅田次郎の小説は、ここ十何年かの間に日本文学が生んだ、最高に作り込まれた作品群と言うことができる。もっとも「作り込む」と言うと、重い、いわゆる文学的な小説を目指すのが普通かもしれない。

しかしそれは真実ではない。浅田次郎の小説はあくまで軽快である。あらゆる部分が必要十分に絞（しぼ）りこまれているから、軽快であることができるのだ。

浅田次郎の小説の作り込みを示す端的な指標はその笑いである。これは芝居も小説も同じだが、作り込まれていない作品の笑いは、往々にしてしらじらしく、おしつけがましく、うざったく、下品である。だが作り込まれた笑いは、爆笑であれ、あるいはにやりとさせる笑いであれ、ほのぼのとした笑いであれ、不思議なほど清々（せいせい）とした気分にさせてくれる。

本書から笑いの名場面を引いてみよう。まずピスケンと広橋（ひろはし）の出会いのシーン。

数分間にらみ合った末、二人は全く同時に口を開いた。

「君は誰だ」

「おめえは誰だ」

それからまたしばらく、互いの回答を待つようににらみ合った。

「初対面の人間に、おめえはないでしょう」

「初対面の人間に、キミはねえだろう」

実に演劇的である。だが、それだけではない。たったこれだけのギャグの中にピスケンと広橋のキャラクターの違いが痛いほど表れている。つまり高級官僚出身の広橋は、初対面の人間に「おめえ」と言われるのは無礼だと考えるタイプだが、大時代的任侠であるピスケンは初対面の人間から「キミ」と言われる筋合はないと考える。要するに二人の出自の違いを表すエピソードだが、それと同時に二人が感性的にはまったく同じ反応をする人間だということも暗示されている。この、違う出自を持ちながら同じ感性を持った人間、というのが「きんぴか」のテーマであることを思えば、このたかだか数行は読者の笑いを誘うと同時にテーマと直結しているのである。こうした笑いの縦深性を、わたしは作り込みと呼びたいのである。

もうひとつわたしが吹き出したところを挙げよう。金丸組組長岩松とその妾しのぶの会話である。

二人はベッドの中でコーヒーを飲みながら、売掛金の効率的な回収方法について真剣に話し合った。彼らにとって儲け話は一種の前戯であった。

(この人は何てステキなケチなんだろう)

(この女は俺にとってかけがえのない守銭奴だ)

話しながらフトそんなことを考えると、口ではさかんに議論をかわしながら、手はまる

で別の生き物のように、つい相手の下半身へと伸びるのであった。目を閉じて、ア行五音
を口にしながらも精密な金利計算を語るしのぶを、岩松はことさら愛しく思う。
読者は大笑いしながらも、守銭奴二人の交情をまざまざと思い浮かべさせられる。そし
て存外、それがエロティックな風景であることに気づくのである。
このように登場人物の性格を紹介しながら、なおかつ寸劇としても成り立ちうる風景を
作らせれば、現在浅田次郎の右に出る小説家はいない。
笑いについて語ったなら、涙についても語らねば浅田次郎の作品を語る上では片手落ち
となる。「きんぴか」はユーモア小説であり、読者に本格的に涙を流させることはあまり
ないが、それでもほろりとさせられるシーンは多々ある。実際、浅田次郎の笑いはどこか
生きることの哀れにつながっている。『三人の悪党　きんぴか①』では、わたしは「パパ
はデビル」のラストシーンにしみじみとしたものを感じたが、ちょっと抜き出す上で適当
な場所がない。
そのかわりに「陽のあたる密室」のラストを引こう。
「意外でしょう。でも、あの人はたったひとつだけ、あなたのくれなかったものを、私と

子供たちにくれたの」

広橋は思いめぐらしながら、子供たちの後ろに所在なげに佇む男を見つめた。凡庸な医者は広橋の視線をかわすように満天の木々を見、生垣の花を見、もういちど広橋の目に出合うと、申しわけなさそうに禿げかけた頭を下げた。

「それはね、安息よ。子供たちはもう奥歯を噛みしめて父親を仰ぎ見ることはないの。私も肩をそびやかして夫に向き合うことはないわ。みんなが同じ目の高さで暮らして行ける、それが家族の安息よ」

そう言うと妻は、広橋の怒りを待つように片手でベエルを開いた。大輪の花のようにあでやかな顔が夕闇に浮き上がった。

「あなたを尊敬しています。私も大介も美也も――」

ただこの部分だけ読むなら、ありがちのお涙頂戴に見えるだろう。しかし、読者はこれ以前にさんざん広橋の妻が嫌な女だという刷り込みを受けている。

だからこの部分が効くのである。浅田次郎の小説には一種の性善説のようなものがある。すなわちこの世には固有の悪人というものはなく、天から仮初に与えられた役割を演じているだけという気配である。

そうした傾向は「きんぴか」以降更にはっきりする。

わたしは最初「作り込み」という一点で浅田次郎とブロードウェイの類似をみたが、こうして並べ上げると存外本質的なところでもつながっているように思われる。すなわち性善説、楽観主義、おしつけがましくない笑いと涙。

しかし、よく考えてみれば上質なエンターテインメントが洋の東西を問わず、似てくるのは当り前のことかもしれない。

（光文社文庫初刊時のものを再録しました）

一九九九年七月　光文社文庫刊

光文社文庫

長編小説
三人の悪党（さんにんのあくとう）　きんぴか①　完本
著　者　浅田次郎（あさだじろう）

2023年5月20日　初版1刷発行

発行者　三宅貴久
印　刷　萩原印刷
製　本　ナショナル製本

発行所　株式会社　光文社
〒112-8011　東京都文京区音羽1-16-6
電話（03）5395-8149　編集部
8116　書籍販売部
8125　業務部

ISBN978-4-334-79527-6　Printed in Japan

組版　萩原印刷